JOURNEY TO THE WEST IN MEOWS

如果西遊是一群喵

①

肥志 編繪

國家圖書館出版品預行編目 (CIP) 資料

如果西遊是一群喵 / 肥志編 . 繪 . -- 初版 . --
新北市 : 野人文化股份有限公司 , 2025.08-
面； 公分
ISBN 978-626-7716-76-2(第 1 冊 : 平裝)

1.CST: 西遊記 2.CST: 漫畫

857.47　　114008698

Graphic Times 81

如果西遊是一群喵 ①

繪　　者　肥志
編　　者　肥志

社　　長　張瑩瑩
總 編 輯　蔡麗真
責任編輯　徐子涵
校　　對　魏秋綢
行銷企劃經理　林麗紅
行銷企劃　李映柔
設　　計　肥志、林榮輝
繁中版封面設計　肥志、周家瑤
繁中版美術設計　肥志、洪素貞、許庭瑄

出版　野人文化股份有限公司
發行　遠足文化事業股份有限公司（讀書共和國出版集團）
地址：231 新北市新店區民權路 108-2 號 9 樓
電話：（02）2218-1417　傳真：（02）8667-1065
電子信箱：service@bookrep.com.tw
網址：www.bookrep.com.tw
郵撥帳號：19504465 遠足文化事業股份有限公司
客服專線：0800-221-029
法律顧問　華洋法律事務所　蘇文生律師
印製　凱林彩印股份有限公司
初版首刷　2025 年 8 月

如果西遊是一群喵 (1)
線上讀者回函專用 QR CODE，您的寶貴意見，將是我們進步的最大動力。

野人文化官方網頁

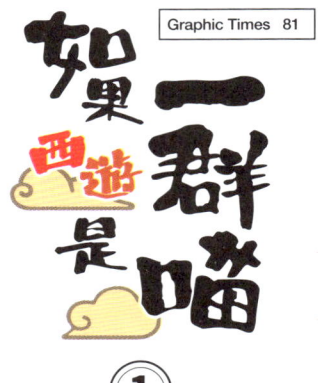

前言

大家好，歡迎來到「一群喵」的世界。

這是一個沒有人類的世界，喵們才是這個世界的主宰。「一群喵」的世界和我們的世界很像，喵們也過著跟人類一樣的生活，在這個世界裡同樣有著地球與宇宙，同樣有著各種動物、植物……但「喵」卻不是貓，哈哈！

十二個喵演員是這個世界的主角，他們是水餃、油條、豆花、烏龍、煎餅、饅頭、年糕、麻花、湯圓、瓜子、花卷、拉麵。他們性格各異，有著自己的生活和愛好，最重要的是，他們都是彼此最好的朋友。

在日常生活之餘，十二個喵演員會以角色扮演的形式為我們講述各種有趣的故事，他們的《如果歷史是一群喵》系列劇就為我們講述了華夏上下五千年的故事。而這一次，喵演員們將走進中國古典文學「大劇場」，以名著《西遊記》為劇本，全新演繹一場「上天入地，縱橫變化」的西行奇幻之旅。

在劇中，十二個喵演員會扮演原著中的多個角色，比如孫悟空、唐僧、豬八戒等等。演員們也會遵循「一群喵」世界的法則，為每個角色加上「喵」的後綴，就像我們會在人名後加上「先生」或者「小姐」那樣。

作為中國古代神魔小說的巔峰之作，吳承恩的《西遊記》被譽為「中國古典四大名著」之一。他筆下的小動物可以通過修煉幻化為人形，人得道了也可以升仙……種種打破物種界限的奇思妙想，讓唐僧師徒西天取經的旅途顯得格外神奇。它還融匯了中國古代的哲學、道德、宗教、歷史、民俗等內容，可以說《西遊記》是文藝殿堂裡的一件瑰寶。

《如果西遊是一群喵》是「一群喵」系列的一次新挑戰！希望通過十二個喵演員的演繹，能給大家帶來一場既致敬經典又更有趣、易懂的視覺體驗，也希望借此向吳承恩先生表示由衷的敬意。

當然啦，如果喵們的演繹讓您對《西遊記》產生了濃烈的興趣，也請一定要去閱讀原著，這也是本書很想達到的目的。

衷心期盼大家喜歡這個喵的世界，愛你們！

肥志

目錄

正文讀取順序從左往右，
對白、出處以及原文節選讀取順序從右往左。

第一回◉猴王誕生

傳說，**天地**每過**十二萬九千六百年**

就會**經歷**一次**輪回**，

在它誕生後的第十一萬八千八百年就會**毀滅**，

《西遊記．第一回》：「蓋聞天地之數，有十二萬九千六百歲為一元。將一元分為十二會，乃子、丑、寅、卯、辰、巳、午、未、申、酉、戌、亥之十二支也。每會該一萬八百歲……譬於大數，若到戌會之終，則天地昏曚而萬物否矣。」

然後經過**第一個**五千四百年

會變成**一團混沌**；

《西遊記．第一回》：「再去五千四百歲，交亥會之初，則當黑暗，而兩間人、物俱無矣，故曰混沌。」

第二個五千四百年後，**混沌**會**逐漸消失**；

《西遊記．第一回》：「又五千四百歲，亥會將終，貞下起元，近子之會，而復逐漸開明。」

第三個五千四百年，
太陽、**月亮**等**星辰**會出現；

《西遊記．第一回》：「再五千四百歲，正當子會，輕清上騰，有日，有月，有星，有辰。日、月、星、辰，謂之四象。故曰，天開於子。」

第四個五千四百年，**大地**開始**凝結**；

《西遊記．第一回》：「又經五千四百歲，子會將終，近丑之會，而遂漸堅實。《易》曰：『大哉乾元！至哉坤元！萬物資生，乃順承天。』至此，地始凝結。」

到**第五個**五千四百年，
水、**火**、**山**、**石**、**土**等元素**形成**；

《西遊記．第一回》：「再五千四百歲，正當丑會，重濁下凝，有水，有火，有山，有石，有土。水、火、山、石、土，謂之五形。故曰，地辟於丑。」

最終，**第六、七個**五千四百年，
世間萬物**重新誕生**。

《西遊記．第一回》：「又經五千四百歲，丑會終而寅會之初，發生萬物。曆曰：『天氣下降，地氣上升；天地交合，群物皆生。』至此，天清地爽，陰陽交合。再五千四百歲，正當寅會，生人，生獸，生禽……」

至此，在經過**七個**五千四百年後，
天、**地**、**凡**三界逐漸**形成**。

《西遊記．第一回》：「……正謂天、地、人，三才定位。」

天界由**神仙喵**們掌管。

《西遊記．第四回》：「初登上界，乍入天堂……兩邊擺數十員鎮天元帥，一員員頂梁靠柱，持銑擁旄；四下列十數個金甲神人，一個個執戟懸鞭，持刀仗劍……玉簪朱履，紫綬金章。金鐘撞動，三曹神表進丹墀；天鼓鳴時，萬聖朝王參玉帝。」

地下是**幽冥界**，

《西遊記．第三回》：「幽冥境界，乃地之陰司。」

負責安排天地**萬物**的**生與死**。

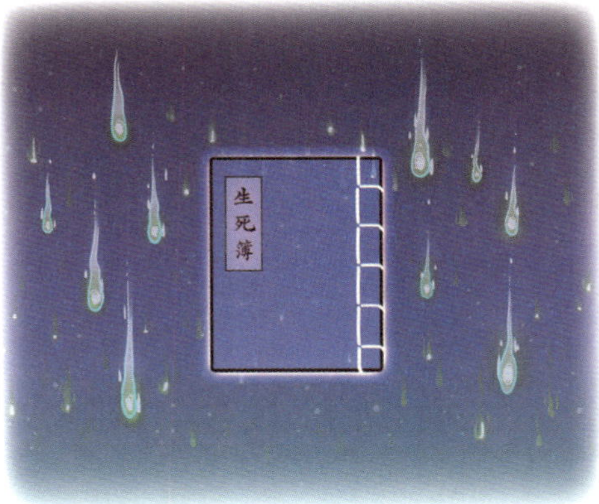

《西遊記．第三回》：「……天有神而地有鬼，陰陽輪轉；禽有生而獸有死，反復雌雄。生生化化，孕女成男，此自然之數，不能易也。」

而**凡間**，則是各種生靈**生活繁衍**的地方，

《西遊記．第一回》：「感盤古開闢，三皇治世，五帝定倫，世界之間，遂分為四大部洲：曰東勝神洲，曰西牛賀洲，曰南贍部洲，曰北俱蘆洲。」

那裡**不僅有**建立國家和城市的**凡喵**，

還有很多在**野外**的**妖怪喵**。

《西遊記．第七十五回》：「西方一路有妖魔，行動甚是不方便。」

而我們的故事，
就從凡間一個叫**花果山**的地方開始了——

《西遊記．第一回》：「這部書單表東勝神洲。海外有一國土，名曰傲來國。國近大海，海中有一座名山，喚為花果山。」

在花果山上有一塊**巨大的石頭**，

《西遊記．第一回》：「那座山正當頂上，有一塊仙石。其石有三丈六尺五寸高，有二丈四尺圍圓。」

從**天地開闢以來**，
它**就在那兒**每天曬著太陽，曬著月亮……

《西遊記．第一回》：「蓋自開闢以來，每受天真地秀，日精月華……」

慢慢地、慢慢地，石頭裡竟然**有了生命**！

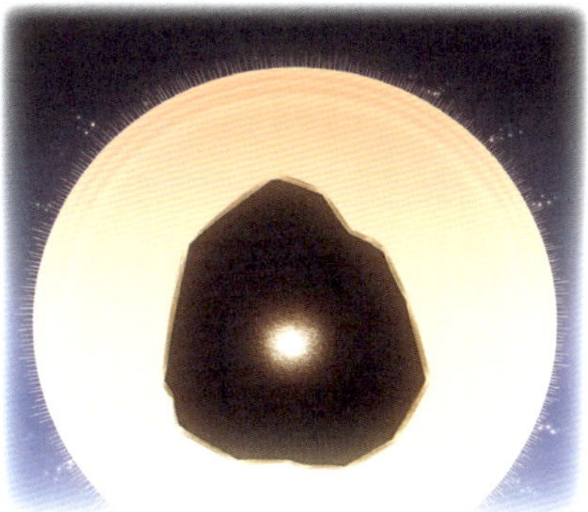

《西遊記．第一回》：「……感之既久，遂有靈通之意。內育仙胞……」

有一天，石頭**裂開了**，

《西遊記．第一回》：「……一日迸裂……」

裡面有一個**石蛋**。

《西遊記．第一回》：「……產一石卵，似圓球樣大。」

被風一吹，
石蛋就化作了一隻**石猴喵**！

《西遊記‧第一回》：「因見風，化作一個石猴。五官俱備，四肢皆全。」

石猴喵一出生就**眼冒金光**，

《西遊記‧第一回》：「……便就學爬學走，拜了四方。目運兩道金光，射沖斗府。」

雙眼的金光甚至**驚動了**天界的**仙喵們**！

《西遊記‧第一回》：「驚動高天上聖大慈仁者玉皇大天尊玄穹高上帝，駕座金闕雲宮靈霄寶殿，聚集仙卿，見有金光焰焰，即命千里眼、順風耳開南天門觀看。」

自出生後，石猴喵便在山中**到處玩耍**，

《西遊記．第一回》：「那猴在山中，卻會行走跳躍，食草木，飲澗泉，采山花，覓樹果。」

還跟猛獸們**交朋友**，

《西遊記．第一回》：「……與狼蟲為伴，虎豹為群，獐鹿為友……」

但關係**最親近**的還是其他**猴子們**。

《西遊記．第一回》：「……獼猿為親。」

他們每天玩遊戲，吃果子……
沒羞沒臊地生活著。

《西遊記．第一回》：「(石猴)與群猴避暑，都在松陰之下頑(玩)耍。你看他一個個：跳樹攀枝，採花覓果；拋彈子，邸麼兒……青松林下任他頑(玩)，綠水澗邊隨洗濯。」

有一天，猴子們發現了一個**大瀑布**。

《西遊記．第一回》：「一群猴子耍了一會，卻去那山澗中洗澡……都拖男挈女，呼弟呼兄，一齊跑來，順澗爬山，直至源流之處，乃是一股瀑布飛泉。」

大家都非常**好奇瀑布後面**有啥，

《西遊記．第一回》：「眾猴拍手稱揚道：『好水！好水！原來此處遠通山腳之下，直接大海之波。』又道：『那(哪)一個有本事的，鑽進去尋個源頭出來……』」

但又因為瀑布水流很急，都**不敢靠近**……

誰進去
看下呀？

於是乎猴子們決定：
誰要是能**穿過瀑布**，誰就能**當王**。

《西遊記．第一回》：「『……不傷身體者，我等即拜他為王。』」

要不就誰能進去就誰當王，怎樣？

這時**石猴喵**出來了！

讓俺來！

《西遊記．第一回》：「連呼了三聲，忽見叢雜中跳出一個石猴，應聲高叫道：『我進去！我進去！』」

他用力一跳，就穿到了**瀑布背面**！

《西遊記．第一回》：「你看他（石猴）瞑目蹲身，將身一縱，徑跳入瀑布泉中。」

等他定睛一看，原來裡面是一個**仙洞**，

《西遊記．第一回》：「……忽睜睛抬頭觀看，那裡邊卻無水無波，明明朗朗的一架橋梁。他住了身，定了神，仔細再看，原來是座鐵板橋。橋下之水，沖貫於石竅之間，倒掛流出去，遮閉了橋門。卻又欠身上橋頭，再走再看，卻似有人家住處一般，真個好所在。」

有塊石碣(ㄐㄧㄝˊ)上面寫著「**花果山福地，水簾洞洞天**」。

《西遊記．第一回》：「（石猴）看罷多時，跳過橋中間，左右觀看，只見正當中有一石碣。碣上有一行楷書大字，鐫著『花果山福地，水簾洞洞天』。」

洞中還有各種**石頭**做的**家具**，

《西遊記．第一回》：「眾猴把他圍住，問道：『裡面怎麼樣？水有多深？』……石猴笑道：『這股水乃是橋下沖貫石竅，倒掛下來遮閉門戶的。橋邊有花有樹，乃是一座石房。房內有石鍋、石灶、石碗、石盆、石床、石凳……』」

這對猴子們來說簡直**賺大發**了！

《西遊記．第一回》：「石猿喜不自勝，急抽身往外便走，復瞑目蹲身，跳出水外，打了兩個呵呵道：『大造化！大造化！』」

於是乎石猴喵帶著大家
都**住進**了**水簾洞**裡面，

《西遊記．第一回》：「石猴卻又瞑目蹲身，往裡一跳，叫道：『都隨我進來！進來！』那些猴有膽大的，都跳進去了；膽小的，一個個伸頭縮頸，抓耳撓腮，大聲叫喊，纏一會，也都進去了。」

猴子們也遵守約定，**拜**他為**大王**，

《西遊記．第一回》：「（眾猴）一個個搶盆奪碗……石猿端坐上面道：『列位呵……我如今進來又出去，出去又進來，尋了這一個洞天與列位安眠穩睡，各享成家之福，何不拜我為王？』眾猴聽說，即拱伏無違。一個個序齒排班，朝上禮拜，都稱『千歲大王』。」

號稱**「美猴王」**！

《西遊記．第一回》：「自此，石猿高登王位，將『石』字兒隱了，遂稱美猴王。」

從此，石猴喵帶著大小猴子們在水簾洞中**快樂地生活**著。

《西遊記．第一回》：「美猴王領一群猿猴、獼猴、馬猴等，分派了君臣佐使，朝遊花果山，暮宿水簾洞，合契同情，不入飛鳥之叢，不從走獸之類，獨自為王，不勝歡樂。」

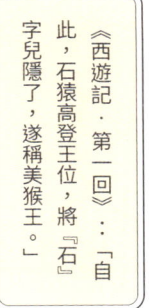

直到有一天……
他想到了一個**問題**，

《西遊記．第一回》：「美猴王享樂天真，何期有三五百載。一日，與群猴喜宴之間，忽然憂惱，墮下淚來。」

那就是這麼快樂的生活，
死了不就**沒了**嗎？

《西遊記．第一回》：「……眾猴慌忙羅拜道：『大王何為煩惱？』……猴王道：『今日雖不歸人王法律，不懼禽獸威服，將來年老血衰，暗中有閻王老子管著，一旦身亡，可不枉生世界之中，不得久注天人之內？』」

想到會死，
一時間所有猴子們也都**失落**了起來……

《西遊記．第一回》：「……眾猴聞此言，一個個掩面悲啼，俱以無常為慮。」

這時有一個猴子說：
天地間有**三種喵**是**不會死**的，

《西遊記‧第一回》：「忽跳出一個通背猿猴，厲聲高叫道：『大王若是這般遠慮，真所謂道心開發也！如今五蟲之內，惟（唯）有三等名色，不伏閻王老子所管。』」

分別是**佛喵**、**仙喵**和**神喵**三種。

《西遊記‧第一回》：「猴王道：『你知那（哪）三等人？』猿猴道：『乃是佛與仙與神聖三者……』」

這些喵不僅能**呼風喚雨**，

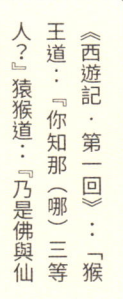

而且**不老不死**。

《西遊記．第一回》：「『……躲過輪回，不生不滅，與天地山川齊壽。』」

如果跟他們**學習法術**，
是不是就可以**長生不老**呢？

這個消息一下讓石猴喵重新**振作**了起來！

《西遊記．第一回》：「猴王聞之，滿心歡喜。」

他決定**出門尋找**長生不老之術。

《西遊記．第一回》：「（猴王）道：『我明日就辭汝等下山，雲遊海角，遠涉天涯，務必訪此三者，學一個不老長生，常躲過閻君之難。』」

就這樣，

石猴喵開始**踏上**了尋找仙術的**旅程**。

《西遊記．第一回》：「（猴王）果獨自登筏，盡力撐開，飄飄（漂漂）蕩蕩，徑向大海波中，趁天風，來渡南贍部洲地界。」

那麼能教他長生術的**仙喵**，

究竟**在哪兒呢**？

（且聽下回分解。）

原文節選

《西遊記》第一回

美猴王享樂天真，何期有三五百載。一日，與群猴喜宴之間，忽然憂惱，墮下淚來。眾猴慌忙羅拜道：「大王何為煩惱？」猴王道：「我雖在歡喜之時，卻有一點兒遠慮，故此煩惱。」眾猴又笑道：「大王好不知足！我等日日歡會，在仙山福地，古洞神洲，不伏麒麟轄，不伏鳳凰管，又不伏人間王位所拘束，自由自在，乃無量之福，為何遠慮而憂也？」猴王道：「今日雖不歸人王法律，不懼禽獸威服，將來年老血衰，暗中有閻王老子管著，一旦身亡，可不枉生世界之中，不得久注天人之內？」眾猴聞此言，一個個掩面悲啼，俱以無常為慮。只見那班部中，忽跳出一個通背猿猴，厲聲高叫道：「大王若是這般遠慮，真所謂道心開發也！如今五蟲之內，惟（唯）有三等名色，不伏閻王老子所管。」猴王道：「你知那（哪）三等人？」猿猴道：「乃是佛與仙與神聖三者，躲過輪回，不生不滅，與天地山川齊壽。」猴王道：「此三者居於何所？」猿猴道：「他只在閻浮世界之中，古洞仙山之內。」猴王聞之，滿心歡喜，道：「我明日就辭汝等下山，雲遊海角，遠涉天涯，務必訪此三者，學一個不老長生，常躲過閻君之難。」噫！這句話，頓教跳出輪回網，致使齊天大聖成。眾猴鼓掌稱揚，都道：「善哉！善哉！我等明日越嶺登山，廣尋些果品，大設筵宴送大王也。」

石猴——瓜子（飾）

玄機錄

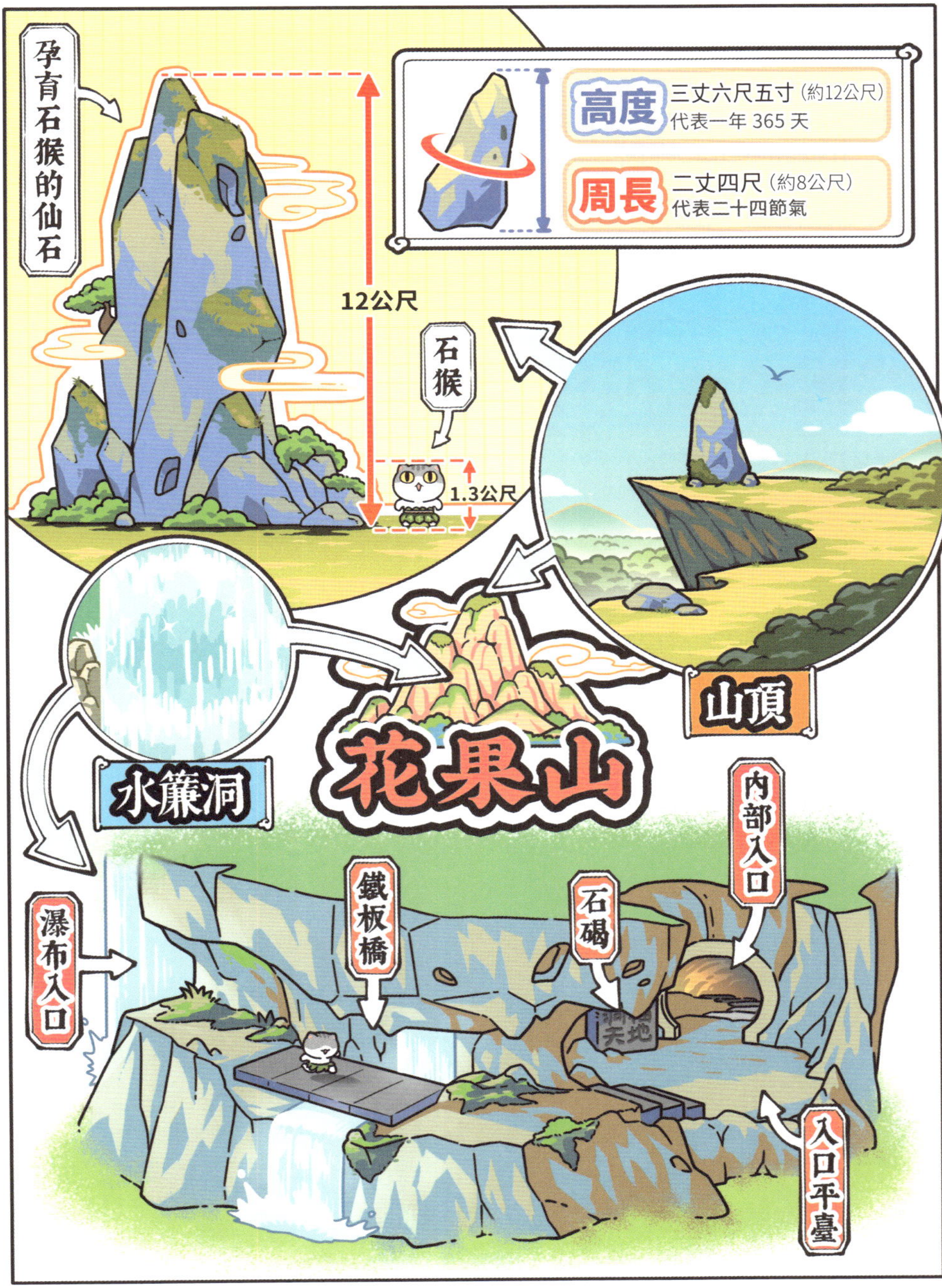

孕育石猴的仙石
12公尺
石猴
1.3公尺
高度 三丈六尺五寸（約12公尺）
代表一年 365 天
周長 二丈四尺（約8公尺）
代表二十四節氣
山頂
水簾洞
花果山
內部入口
鐵板橋
石碣
瀑布入口
入口平臺

百群喵檔案

豆花的角色介紹

1 豆花，溫婉美麗的女孩子，

2 非常受歡迎。

3 有愛洗澡的奇怪愛好，
每天最少洗三次。

4 最害怕做選擇。

5 喜歡歷史和考古，

6 也喜歡各種靈異的東西。

7 跟油條是青梅竹馬。

豆花

天秤座

生日：10 月 16 日

身高：165 公分

給自己打氣的一句話：

「看日出日落，雲舒雲卷，

免費的快樂特別美。」

（豆花擬人介紹）

豆花的蛋糕

Douhua's Cake

第二回 ◉ 尋仙學藝

上回說到，**石猴喵**為了尋找**長生術**踏上了**旅程**。

《西遊記．第一回》：「猴王聞之，滿心歡喜，道：『我明日就辭汝等下山，雲遊海角，遠涉天涯，務必訪此三者，學一個不老長生，常躲過閻君之難。』」

木筏**在大海**上漂啊、漂啊……

《西遊記．第一回》：「（猴王）果獨自登筏，盡力撐開，飄飄（漂漂）蕩蕩，徑向大海波中，趁天風，來渡南贍部洲地界。」

終於來到了**新大陸**上！

《西遊記．第一回》：「也是他運至時來，自登木筏之後，連日東南風緊，將他送到西北岸前，乃是南贍部洲地界。」

岸上**漁民們**正在**幹活**，

《西遊記．第一回》：「（猴王）持篙試水，偶得淺水，棄了筏子，跳上岸來，只見海邊上有人捕魚、打雁、挖蛤、淘鹽。」

石猴喵便**跑上去**把漁民們**嚇**得到處跑，

《西遊記．第一回》：「他走近前，弄個把戲……嚇得那些人丟筐棄網，四散奔跑。」

還趁機搶了**一套衣服**換上。

《西遊記．第一回》：「……（猴王）將那跑不動的拿住一個，剝了他的衣裳，也學人穿在身上。」

作為一個從**海外**來的**「鄉巴佬」**，
石猴喵對一切都充滿**新鮮感**。

他**學習**喵民們的**風俗**，

學習喵民們的**語言**，

《西遊記．第一回》：「（猴王）搖搖擺擺，穿州過府，在於市廛中……學人話。」

學習喵民們的**禮儀**，

《西遊記．第一回》：「（猴王）學人禮……」

一過……就是快**十年**！

《西遊記．第一回》：「（猴王）在於南贍部洲，串長城，遊小縣，不覺八九年餘。」

就這樣，他從一隻**野生動物**

慢慢**學會了**像喵民一般**生活**。

但他……卻有點**苦惱**，

《西遊記·第一回》：「（猴王）朝餐夜宿，一心裡訪問佛仙神聖之道，覓個長生不老之方。見世人都是為名為利之徒，更無一個為身命者。」

因為這**十年**來，似乎除了學會**生活**外，

一點**仙術**……都**沒學到**……

《西遊記·第一回》：「猴王參訪仙道，無緣得遇。」

於是乎，他決定**再次出海**！

《西遊記·第一回》：「（猴王）忽行至西洋大海，他想著海外必有神仙。獨自個依前作筏，又飄（漂）過西海，直至西牛賀洲地界。」

這次他**來到**了一座秀麗的**大山前**，

《西遊記．第一回》：「……登岸遍訪多時，忽見一座高山秀麗，林麓幽深。他也不怕狼蟲，不懼虎豹，登山頂上觀看。」

他在山上到處**尋覓**，
突然，他聽到一陣**歌聲**，

《西遊記．第一回》：「（猴王）正觀看間，忽聞得林深之處有人言語，急忙趨步，穿入林中，側耳而聽，原來是歌唱之聲。歌曰：『觀棋柯爛，伐木丁丁……相逢處，非仙即道，靜坐講《黃庭》。』」

難道是**神仙喵**在唱歌？

《西遊記・第一回》：「美猴王聽得此言，滿心歡喜道：『神仙原來藏在這裡！』」

石猴喵**興奮**地**跑到**山林中去**尋找**，

《西遊記・第一回》：「……即忙跳入裡面，仔細再看……」

呃……可惜……唱歌的是一個**樵夫喵**。

《西遊記・第一回》：「……乃是一個樵子，在那裡舉斧砍柴。」

樵夫喵告訴他，
這首歌是一位**神仙喵**教的。

《西遊記．第一回》：「樵夫笑道：『實不瞞你說，這個詞名做（作）《滿庭芳》，乃一神仙教我的。那神仙與我舍下相鄰。他見我家事勞苦，日常煩惱，教我遇煩惱時，即把這詞兒念念，一則散心，二則解困。我才有些不足處思慮，故此念念。不期被你聽了。』」

神仙喵名叫**菩提祖師**，

就住在不遠處的**斜月三星洞**裡面。

這樣這樣這樣……
然後就到了！

《西遊記．第一回》：「樵夫道：『不遠，不遠，此山叫做（作）靈臺方寸山。山中有座斜月三星洞。那洞中有一個神仙，稱名須菩提祖師。那祖師出去的徒弟，也不計其數，見（現）今還有三四十人從他修行。你順那條小路兒，向南行七八里遠近，即是他家了。』」

得知這個**消息**的石猴喵非常**高興**！

太棒啦
找到神仙啦！

他還想讓**樵夫喵**帶他一起去，

咱們一塊去吧！

《西遊記．第一回》：「猴王用手扯住樵夫道：『老兄，你便同我去去。若還得了好處，絕不忘你指引之恩。』」

可惜樵夫喵**不答應**……

我才不要！一堆活沒幹呢！

《西遊記．第一回》：「樵夫道：『你這漢子，甚不通變。我方才這般與你說了，你還不省？假若我與你去了，卻不誤了我的生意？老母何人奉養？我要斫柴，你自去，自去。』」

石猴喵只好**自己**過去了。

哼！自己去就自己去嘛！

《西遊記．第一回》：「猴王聽說，只得相辭。」

經過一番**尋找**，石猴喵終於**看到**了一座**洞府**，

哇——!!

《西遊記．第一回》：「……出深林，找上路徑，過一山坡，約有七八里遠，果然望見一座洞府。」

洞府周圍不僅有**奇珍異草**，

《西遊記．第一回》：「（猴王）挺身觀看，真好去處！但見：煙霞散彩，日月搖光。千株老柏，萬節修篁。千株老柏，帶雨半空青冉冉；萬節修篁，含煙一壑色蒼蒼。門外奇花布錦，橋邊瑤草噴香。石崖突兀青苔潤，懸壁高張翠蘚長。」

還有各種神奇的**動物**，

《西遊記．第一回》：「……時聞仙鶴唳，每見鳳凰翔。仙鶴唳時，聲振九皋霄漢遠；鳳凰翔起，翎毛五色彩雲光。玄猿白鹿隨隱見（現），金獅玉象任行藏。」

簡直跟**仙境**一樣！

《西遊記．第一回》：「……細觀靈福地，真個賽天堂！」

面對著這麼秀麗的地方，
石猴喵雖然驚訝得**雙眼放光**，

《西遊記．第一回》：「又見那洞門緊閉，靜悄悄杳無人跡。忽回頭，見崖頭立一石碑……上有一行十個大字，乃是『靈臺方寸山，斜月三星洞』。美猴王十分歡喜道：『此間人果是樸實。果有此山此洞。』」

但卻**不敢敲門**，老老實實地爬到**樹上等著**。

《西遊記．第一回》：「……看夠多時，不敢敲門。且去跳上松枝梢頭，摘松子吃了頑（玩）耍。」

幸好沒多久，
洞府內有一個**仙童喵**走了出來。

《西遊記．第一回》：「少頃間，只聽得呀的一聲，洞門開處，裡面走出一個仙童，真是丰姿英偉，像貌清奇，比尋常俗子不同。」

原來，裡面的**神仙喵**
已經**感應**到了石猴喵的**到來**，

《西遊記．第一回》：「童子道：『我家師父正才下榻，登壇講道，還未說出原由，就教我出來開門，說：『外面有個修行的來了，可去接待接待。』想必就是你了？」

於是乎石猴喵被**帶了進去**。

《西遊記．第一回》：「這猴王整衣端肅，隨童子徑入洞天深處觀看……」

經過一層又一層**樓閣**，
一個**神仙喵**終於**出現**在石猴喵面前，

《西遊記．第一回》：「……一層層深閣瓊樓，一進進珠宮貝闕，說不盡那靜室幽居。直至瑤臺之下，見那菩提祖師端坐在臺上，兩邊有三十個小仙侍立臺下。」

第二回　尋仙學藝

他，就是**菩提祖師喵**！

《西遊記．第一回》：「大覺金仙沒垢姿，西方妙相祖菩提。」

石猴喵**一見到**菩提喵，
就請求菩提喵**收他為徒**。

《西遊記．第一回》：「美猴王一見，倒身下拜，磕頭不計其數，口中只道：『師父！師父！我弟子志心朝禮！志心朝禮！』」

菩提喵看石猴喵**生來稀奇**，
便**答應**收他為**徒弟**，

《西遊記．第一回》：「猴王道：『我雖不是樹上生，卻是石裡長的。我只記得花果山上有一塊仙石，其年石破，我便生也。』祖師聞言暗喜，道：『這等說，卻是個天地生成的。』」

並且給他起了一個**新的姓名**。

我看看哈……
嗯，這個還不錯。

《西遊記．第一回》：「祖師道：『我門中有十二個字，分派起名，到你乃第十輩之小徒矣。』猴王道：『那（哪）十二個字？』祖師道：『乃廣、大、智、慧、真、如、性、海、穎、悟、圓、覺十二字。排到你，正當「悟」字。與你起個法名叫做（作）「孫悟空」，好麼？』」

從此，石猴喵就**改名**為**孫悟空喵**！

孫悟空
我有名字啦！

《西遊記．第一回》：「猴王笑道：『好！好！好！自今就叫做（作）孫悟空也！』」

就這樣，
悟空喵**開始了**在斜月三星洞**修行**的日子，

新
生

《西遊記．第二回》：「話表美猴王得了姓名，怡然踴躍，對菩提前作禮啟謝。那祖師即命大眾引孫悟空出二門外，教他灑掃應對、進退周旋之節。眾仙奉行而出。悟空到門外，又拜了大眾師兄，就於廊廡之間，安排寢處。」

每天與師兄們**讀書練字**，

《西遊記．第二回》：「次早，與眾師兄學言語禮貌，講經論道，習字焚香，每日如此。」

空閒時間就**打水種花**……

《西遊記．第二回》：「……閒時即掃地鋤園，養花修樹，尋柴燃火，挑水運漿。」

什麼**雜事**都做，

《西遊記．第二回》：「……凡所用之物，無一不備。」

就這樣**悠閒**地過了**六七年**……

《西遊記．第二回》：「……在洞中不覺倏六七年。」

有一天，菩提喵開堂**講課**，

《西遊記．第二回》：「一日，祖師登壇高坐，喚集諸仙，開講大道。」

所以呢……這裡應該……

悟空喵**聽**得非常**興奮**。

悟空啊……你……

《西遊記．第二回》：「孫悟空在旁聞講，喜得他抓耳撓腮，眉花眼笑，忍不住手之舞之，足之蹈之。」

菩提喵見悟空喵這麼興奮，

便跟他**聊**了起來……

悟空啊……你究竟想學哪種法術呀？

《西遊記．第二回》：「忽被祖師看見，叫孫悟空道：『你在班中，怎麼顛狂躍舞，不聽我講？』……祖師道：『那山喚名爛桃山。你既吃七次，想是七年了。你今要從我學些甚麼道？』」

悟空喵表示**學啥都可以**，

啥都行

《西遊記．第二回》：「悟空道：『但憑尊師教誨，只是有些道氣兒，弟子便就學了。』」

於是乎，菩提喵一連給他推薦了**四門學科**，

尋丹問道
參禪打坐
朝真降聖
趨吉避凶

《西遊記．第二回》：「祖師道：『我教你個「術」字門中之道，如何？』……祖師又道：『教你「流」字門中之道，如何？』……祖師道：『教你「靜」字門中之道，如何？』……祖師道：『教你「動」字門中之道，如何？』」

但每**推薦**一門，悟空喵就會**問**……

能長生不老嗎？
呃……不能。

《西遊記．第二回》：「悟空道：『似這般可得長生麼？』」

不能**長生**……他就**不學**。

《西遊記．第二回》：「祖師道：『不能！不能！』悟空道：『不學！不學！』」

哎呀呀，我不喜歡呀！
……

這樣的**態度**讓菩提喵有點**生氣**……

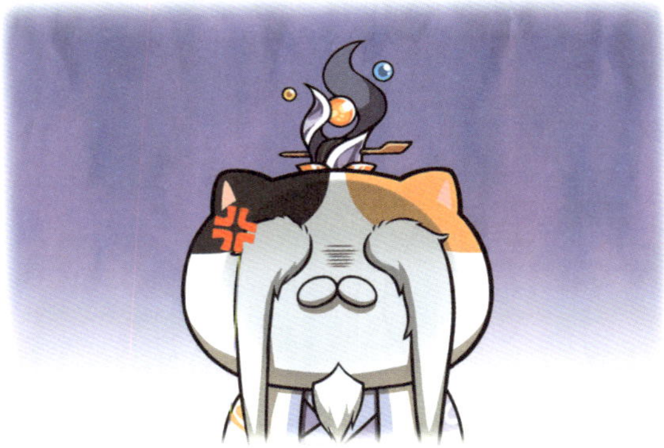

《西遊記．第二回》：「祖師聞言，咄的一聲，跳下高臺，手持戒尺，指定悟空道：『你這猢猻，這般不學，那般不學，卻待怎麼？』」

他拿**尺子**在悟空喵頭上打了**三下**，

《西遊記・第二回》：「……走上前，將悟空頭上打了三下……」

然後，就**甩門**進自己**房間**裡去了。

《西遊記・第二回》：「……倒背著手，走入裡面，將中門關了，撇下大眾而去。」

看到師父這樣子，其他**師兄弟**嚇得不行，

哎呀！你怎麼這麼不懂事？
快去跟師父道歉！

《西遊記・第二回》：「唬得那一班聽講的，人人驚懼，皆怨悟空道：『你這潑猴，十分無狀！師父傳你道法，如何不學，卻與師父頂嘴？這番衝撞了他，不知幾時才出來呵！』此時俱甚報（抱）怨他，又鄙賤嫌惡他。」

但被打了**三下**的悟空喵不僅沒有**害怕**，

《西遊記．第二回》：「悟空一些兒也不惱，只是滿臉賠笑。」

甚至還很**高興**！

《西遊記．第二回》：「當日悟空與眾等喜喜歡歡，在三星仙洞之前，盼望天色，急不能到晚。」

這又是**為什麼**呢？

（且聽下回分解。）

原文節選

《西遊記》第一回

祖師道：「不是這個性。你父母原來姓甚麼？」猴王道：「我也無父母。」祖師道：「既無父母，想是樹上生的？」猴王道：「我雖不是樹上生，卻是石裡長的。我只記得花果山上有一塊仙石，其年石破，我便生也。」祖師聞言暗喜，道：「這等說，卻是個天地生成的。你起來走走我看。」猴王縱身跳起，拐呀拐的走了兩遍。祖師笑道：「你身軀雖是鄙陋，卻像個食松果的猢猻。我與你就身上取個姓氏，意思教你姓『猢』。『猢』字去了個獸傍（旁），乃是個古月。古者，老也；月者，陰也。老陰不能化育，教你姓『猻』倒好。『猻』字去了獸傍（旁），乃是個子系。子者，兒男也；系者，嬰細也。正合嬰兒之本論。教你姓『孫』罷。」猴王聽說，滿心歡喜，朝上叩頭道：「好！好！好！今日方知姓也。萬望師父慈悲！既然有姓，再乞賜個名字，卻好呼喚。」祖師道：「我門中有十二個字，分派起名，到你乃第十輩之小徒矣。」猴王道：「那（哪）十二個字？」祖師道：「乃廣、大、智、慧、真、如、性、海、穎、悟、圓、覺十二字。排到你，正當『悟』字。與你起個法名叫做（作）『孫悟空』，好麼？」猴王笑道：「好！好！好！自今就叫做（作）孫悟空也！」正是：鴻濛（蒙）初辟原無姓，打破頑空須悟空。

石猴——瓜子（飾）

菩提——花卷（飾）

玄 機 錄

「靈臺方寸山，斜月三星洞」

這其實是作者留給讀者的，一個非常明顯的字謎。

「靈臺」與「方寸」在道家術語裡都是心靈的別稱。

「斜月」與「三星」也暗合了「心」字的筆劃。

「靈臺淨明」即指一種心無雜念的、心神安定的空靈狀態。而「方寸大亂」則指心神不安、思緒複雜。

儒釋道三家都非常講究「心靜」在修行中的重要性。而《西遊記》作者也常用「心猿」一詞指代孫悟空。如此多次地提及「心」的概念，無不明示了孫悟空的尋仙之旅也是修心之旅。

半透短袖紗袍

三星洞『校服』

師父的房間

百群喵檔案

瓜子的角色介紹

1 瓜子，勤勞的工作小能手。

送快遞
工作圖紙
送外送
買菜

2 為了家裡能過上好生活，
所以最愛做的事就是賺錢。

3 擅長各種精打細算和殺價。

認準他，不能讓他進店！
他買一斤菜，讓我送四斤蔥。
老公……
嗚嗚嗚，我講不過他！
別再來了！沒見過這麼殺價的！

4 聲稱只要有報酬，啥都難不倒他。

財迷

5 經營著自己的小網店，

老闆

6 和花卷是最好的朋友。

摯友
花卷可以請我吃飯嗎？
沒問題！

7 身手矯健，蠻能打。

真是欠收拾！
插隊還敢這麼囂張……

8 夢想是成為大老闆。

瓜子

金牛座

生日：5月3日

身高：180公分

給自己打氣的一句話：

「難走的路有個大優點：

沒人擠，不擁堵。」

(瓜子擬人介紹)

瓜子的蛋糕

Guazi's Cake

第三回 ◉ 長生功成

話說，悟空喵因為學個**法術**還**挑三揀四**，

《西遊記．第二回》：「祖師聞言，咄的一聲，跳下高臺，手持戒尺，指定悟空道：『你這猢猻，這般不學，那般不學，卻待怎麼？』」

被師父菩提喵**教訓**了一頓。

《西遊記．第二回》：「（祖師）走上前，將悟空頭上打了三下，倒背著手，走入裡面，將中門關了，撇下大眾而去。」

然而悟空喵**卻**一點都**不慌亂**，

《西遊記．第二回》：「悟空一些兒也不惱，只是滿臉賠笑。」

因為，

他已經**明白**了師父給他的**暗示**！

《西遊記．第二回》：「……原來那猴王，已打破盤中之謎，暗暗在心，所以不與眾人爭競，只是忍耐無言。」

到了夜裡，悟空喵就**偷偷**起來，

《西遊記．第二回》：「（悟空）約到子時前後，輕輕的起來，穿了衣服，偷開前門，躲離大眾，走出外，抬頭觀看。」

來到了師父菩提喵的**房間**裡。

《西遊記．第二回》：「你看他從舊路徑至後門外，只見那門兒半開半掩。悟空喜道：『老師父果然注意與我傳道，故此開著門也。』即曳步近前，側身進得門裡，只走到祖師寢榻之下。」

但看到菩提喵還在**睡覺**，

《西遊記．第二回》：「……見祖師踡跼身軀，朝裡睡著了。」

悟空喵於是**老實**地在他床前**等著**。

《西遊記．第二回》：「……悟空不敢驚動，即跪在榻前。」

幸好菩提喵早就**察覺**到他的**到來**，
便起床與他**說話**。

《西遊記．第二回》：「……那祖師不多時覺來……悟空應聲叫道：『師父，弟子在此跪候多時。』祖師聞得聲音是悟空即起，披衣盤坐，喝道：『這猢猻！你不在前邊去睡，卻來我這後邊作甚？』」

原來，白天菩提喵對悟空喵做的**動作**
其實都是有**寓意**的：

打他**三下**，是讓他**夜裡三更**時分過來；

《西遊記．第二回》：「祖師打他三下者，教他三更時分存心。」

背著手進房裡，是**暗示**他來時從**後門**進。

《西遊記．第二回》：「……倒背著手，走入裡面，將中門關上者，教他從後門進步，秘處傳他道也。」

悟空喵的**聰明**讓師父**非常滿意**，

還可以嘛，小傢伙。
嘻嘻……

《西遊記．第二回》：「悟空道：『師父昨日壇前對眾相允，教弟子三更時候，從後門裡傳我道理，故此大膽徑拜老爺榻下。』祖師聽說，十分歡喜，暗自尋思道：『這廝果然是個天地生成的！不然，何就打破我盤中之暗謎也？』」

於是乎菩提喵便將**長生術教給**了悟空喵。

《西遊記．第二回》：「悟空道：『此間更無六耳，止只弟子一人，望師父大捨慈悲，傳與我長生之道罷，永不忘恩！』祖師道：『你今有緣，我亦喜說（悅）。既識得盤中暗謎，你近前來，仔細聽之，當傳與你長生之妙道也。』」

哦……懂了……
這裡應該這樣……

在後面的**三年**裡，悟空喵也不斷地**苦練**著……

《西遊記．第二回》：「（悟空）當日起來打混，暗暗維持，子前午後，自己調息……卻早過了三年……」

有一天，菩提喵**檢查**悟空喵的**學習情況**，

練得怎麼樣呀？
小傢伙……

《西遊記．第二回》：「……祖師復登寶座，與眾說法。談的是公案比語，論的是外像包皮。忽問：『悟空何在？』悟空近前跪下：『弟子有。』祖師道：『你這一向修些甚麼道來？』」

這時的悟空喵經過**三年苦練**

已經**仙術大成**！

《西遊記．第二回》：「悟空道：『弟子近來法性頗通，根源亦漸堅固矣。』」

感覺很不錯哦！

然而，菩提喵卻**告訴**他這還遠遠**不夠**。

還差得遠吶！
呵呵呵……

原因是修煉**長生術**
其實是**違背**自然**規則**的，

《西遊記．第二回》：「悟空聽說，沉吟良久道：『師父之言謬矣。我嘗聞道高德隆，與天同壽；水火既濟，百病不生，卻怎麼有個「三災利害」？』祖師道：『此乃非常之道：奪天地之造化，侵日月之玄機；丹成之後，鬼神難容……』」

要長生還得**躲過**上天**降下**來的**三個大災**：

成仙的**第一個五百年**會降下**天雷**；

《西遊記．第二回》：「『……雖駐顏益壽，但到了五百年後，天降雷災打你，須要見性明心，預先躲避。躲得過，壽與天齊；躲不過，就此絕命。』」

第二個五百年則會從**腳心**燃起**陰火**；

《西遊記．第二回》：「『……再五百年後，天降火災燒你。這火不是天火，亦不是凡火，喚做（作）「陰火」。自本身湧泉穴下燒起，直透泥垣宮，五臟成灰，四肢皆朽，把千年苦行，俱為虛幻。』」

到**第三**個五百年，
還會**颳來**讓身體消融的**大風**。

《西遊記．第二回》：「『……再五百年，又降風災吹你。這風不是東西南北風，不是和薰金朔風，亦不是花柳松竹風，喚做（作）「贔風」。自囟門中吹入六腑，過丹田，穿九竅，骨肉消疏，其身自解。所以都要躲過。』」

這聽得悟空喵簡直**瑟瑟發抖**，

《西遊記．第二回》：「悟空聞說，毛骨竦（悚）然。」

趕緊**求**師父**教他**躲災的**方法**。

師父！救我！

《西遊記．第二回》：「……叩頭禮拜道：『萬望老爺垂憫，傳與躲避三災之法，到底不敢忘恩。』」

於是**菩提喵**便給了他

三十六變和**七十二變**兩種**法術**做**選擇**。

《西遊記．第二回》：「祖師說：『也罷！你要學那（哪）一般？有一般天罡數，該三十六般變化；有一般地煞數，該七十二般變化。』」

36
72
喲呵呵！來吧，選一個！

這還選啥……當然是選**多的**呀！

36 < 72
這個這個！

《西遊記．第二回》：「悟空道：『弟子願多裡撈摸，學一個地煞變化罷。』」

就這樣，悟空喵憑藉著自己超強的**天賦**
把**七十二變**都學了下來，

《西遊記．第二回》：「這猴王也是他一竅通時百竅通，當時習了口訣，自修自煉，將七十二般變化，都學成了。」

成功**練成**了**長生不死**之術！

不僅如此，
他還能跟**神仙**一樣在天上**飛**，

《西遊記‧第二回》：「悟空道：『多蒙師父海恩，弟子功果完備，已能霞舉飛升也。』」

只不過飛半天……
也就**三里**路那麼遠……

……
喲吼！

《西遊記‧第二回》：「悟空弄本事，將身一聳，打了個連扯跟頭，跳離地有五六丈，踏雲霞去夠有頓飯之時，返復不上三里遠近，落在面前，扠手道：『師父，這就是飛舉騰雲了。』」

菩提喵見了忍不住**發笑**，

要你管！
你飛得也太慢了吧！
哈哈哈

《西遊記‧第二回》：「祖師笑道：『這個算不得騰雲，只算得爬雲而已。自古道：「神仙朝遊北海暮蒼梧。」似你這半日，去不上三里，即爬雲也還算不得哩！』」

成熟的**神仙**可是**一日**之內**環遊世界**的！

《西遊記．第二回》：「悟空道：『怎麼為「朝遊北海暮蒼梧」？』祖師道：『凡騰雲之輩，早辰（晨）起自北海，遊過東海、西海、南海，復轉蒼梧。蒼梧者，卻是北海零陵之語話也。將四海之外，一日都遊遍，方算得騰雲。』」

說著，菩提喵便教了他一項**新技能**，

這就是**筋斗雲**！

《西遊記．第二回》：「祖師道：『凡諸仙騰雲，皆跌足而起，你卻不是這般。我才見你去，連扯方才跳上。我今只就你這個勢，傳你個「筋斗雲」罷。』」

有了筋斗雲，
悟空喵瞬間就能飛**十萬八千里**，

《西遊記．第二回》：「祖師卻又傳個口訣道：『這朵雲，捻著訣，念動真言，攢緊了拳，將身一抖，跳將起來，一筋斗就有十萬八千里路哩！』」

逗得師兄弟們都哈哈**大笑**！

《西遊記．第二回》：「大眾聽說，一個個嘻嘻笑道：『悟空造化！若會這個法兒，與人家當鋪兵，送文書，遞報單，不管那（哪）裡都尋了飯吃！』」

哇！太酷了！
去送快遞一定能賺大錢吧！
好想試試啊！
好快！

而這麼多的**技能**
也讓悟空喵開始有點**得意忘形**。

哈哈哈哈哈

有一天，

他便在師兄弟面前**顯擺***自己的**變身術**，

小鬼頭給我們表演一個吧！
是啊是啊！
嘿嘿！

《西遊記．第二回》：「一日，春歸夏至，大眾都在松樹下會講多時……大眾道：『趁此良時，你試演演，讓我等看看。』悟空聞說，抖擻精神，賣弄手段道：『眾師兄請出個題目。要我變化甚麼？』」

* 顯擺：炫耀之意。

悟空喵的**表演**獲得了大家陣陣**掌聲**，

變——!!
小鬼頭好厲害！
哇！

《西遊記．第二回》：「大眾道：『就變棵松樹罷。』悟空捻著訣，念動咒語，搖身一變，就變做（作）一棵松樹。」「大眾見了，鼓掌呵呵大笑，都道：『好猴兒！好猴兒！』」

同時……也引來了師父**菩提喵**。

嗯?!

《西遊記．第二回》：「……不覺的嚷鬧，驚動了祖師。祖師急拽杖出門來問道：『是何人在此喧譁？』」

菩提喵非常**生氣**，

我教你法術是讓你顯擺的嗎？

《西遊記．第二回》：「大眾聞呼，慌忙檢束，整衣向前……祖師道：『你等起去。』叫：『悟空，過來！我問你：弄甚麼精神，變甚麼松樹……別人見你有，必然求你。你若畏禍，卻要傳他；若不傳他，必然加害：你之性命又不可保。』」

甚至要**開除**悟空喵！

《西遊記．第二回》：「悟空叩頭道：『只望師父恕罪！』祖師道：『我也不罪你，但只是你去罷。』」

你……走吧……

悟空喵雖然苦苦**哀求**，

師父，求你了，我還沒報答您啊！
不要!!

《西遊記．第二回》：「悟空領罪，上告尊師：『我也離家有二十年矣，雖是回顧舊日兒孫，但念師父厚恩未報，不敢去。』」

師父卻毫**不退讓**。

以後闖禍了，
也不准說是我徒弟……

《西遊記．第二回》：「祖師道：『那（哪）裡甚麼恩義？你只不惹禍不牽帶我就罷了！』悟空見沒奈何，只得拜辭，與眾相別。祖師道：『你這去，定生不良。憑你怎麼惹禍行兇，卻不許說是我的徒弟。你說出半個字來，我就知之，把你這猢猻剝皮剉骨，將神魂貶在九幽之處，教你萬劫不得番（翻）身！』」

雖然非常**不情願**，
悟空喵還是遵從師父的**命令**，啟程**回家**。

《西遊記．第二回》：「悟空謝了，即抽身……」

不過想到多年不見的**花果山**小夥伴們，
悟空喵還挺**期待**。

於是乎他駕起**筋斗雲**便往**回飛**，

《西遊記．第二回》：「……捻著訣，丟個連扯，縱起筋斗雲，徑回東勝。」

來時需要很久的**路程**
現在對他來說簡直**小菜一碟**，

不一會兒就回到了**花果山**上空。

《西遊記．第二回》：「……那（哪）裡消一個時辰，早看見花果山水簾洞。」

可正當他打算**落地**時，卻突然**聽到**

花果山上發出**哭泣聲**，

《西遊記．第二回》：「悟空按下雲頭，直至花果山，找路而走。忽聽得鶴唳猿啼，鶴唳聲沖霄漢外，猿啼悲切甚傷情。」

花果山**究竟**發生了**什麼事**呢？

（且聽下回分解。）

原文節選

《西遊記》第二回

悟空聞說，抖擻精神，賣弄手段道：「眾師兄請出個題目。要我變化甚麼？」大眾道：「就變棵松樹罷。」悟空捻著訣，念動咒語，搖身一變，就變做（作）一棵松樹。真個是：鬱鬱含煙貫四時，凌雲直上秀貞姿。全無一點妖猴像，盡是經霜耐雪枝。大眾見了，鼓掌呵呵大笑。都道：「好猴兒！好猴兒！」不覺的嚷鬧，驚動了祖師。祖師急拽杖出門來問道：「是何人在此喧譁？」大眾聞呼，慌忙檢束，整衣向前。悟空也現了本相，雜在叢中道：「啟上尊師，我等在此會講，更無外姓喧譁。」祖師怒喝道：「你等大呼小叫，全不像個修行的體段！修行的人，口開神氣散，舌動是非生。如何在此嚷笑？」大眾道：「不敢瞞師父，適才孫悟空演變化耍子。教他變棵松樹，果然是棵松樹，弟子每（們）俱稱揚喝采，故高聲驚冒尊師，望乞恕罪。」祖師道：「你等起去。」叫：「悟空，過來！我問你：弄甚麼精神，變甚麼松樹？這個工夫，可好在人前賣弄？假如你見別人有，不要求他？別人見你有，必然求你。你若畏禍，卻要傳他；若不傳他，必然加害：你之性命又不可保。」悟空叩頭道：「只望師父恕罪！」祖師道：「我也不罪你，但只是你去罷。」悟空聞此言，滿眼墮淚道：「師父，教我往那（哪）裡去？」祖師道：「你從那（哪）裡來，便從那（哪）裡去就是了。」

玄機錄

悟空拒學的四門功課

「術」字門

請仙扶鸞，問卜揲蓍，
能夠預測事物，趨吉避凶。

「流」字門

學習儒、道、法等諸子百家，
研習經文著作或者念佛，
祈求神佛降臨。

「靜」字門

參禪打坐，清靜無為，
戒語持齋，坐關入定。

「動」字門

遍尋偏方秘法，煉藥鑄丹，
用方炮製，燒茅打鼎。

百群喵檔案

花卷的角色介紹

1 花卷，超級富二代，

有錢

2 身邊總有一大群保鏢。

安全

3 雖然家裡非常有錢，
但卻從不認為自己比夥伴們高貴。

哇！這就是地鐵嗎？
好有趣呀！

4 倒是因為沒啥社會常識，
而鬧笑話。

那我也去買一輛吧！

5 如果朋友有困難，就會熱心幫忙。

把家裡的直升飛機叫過來！
是！

6 喜歡各種電子產品和藝術品，
雖然品味很糟糕……

好典雅！

7 瓜子是他交的第一個知心朋友，

8 希望能交到更多真心朋友。

花卷

獅子座

生日：8 月 15 日

身高：179 公分

給自己打氣的一句話：

「自己閃閃發光，

好事就會迎光而來。」

（花卷擬人介紹）

（花卷飾演唐玄奘，將於下一季登場。）

花卷的蛋糕

Huajuan's Cake

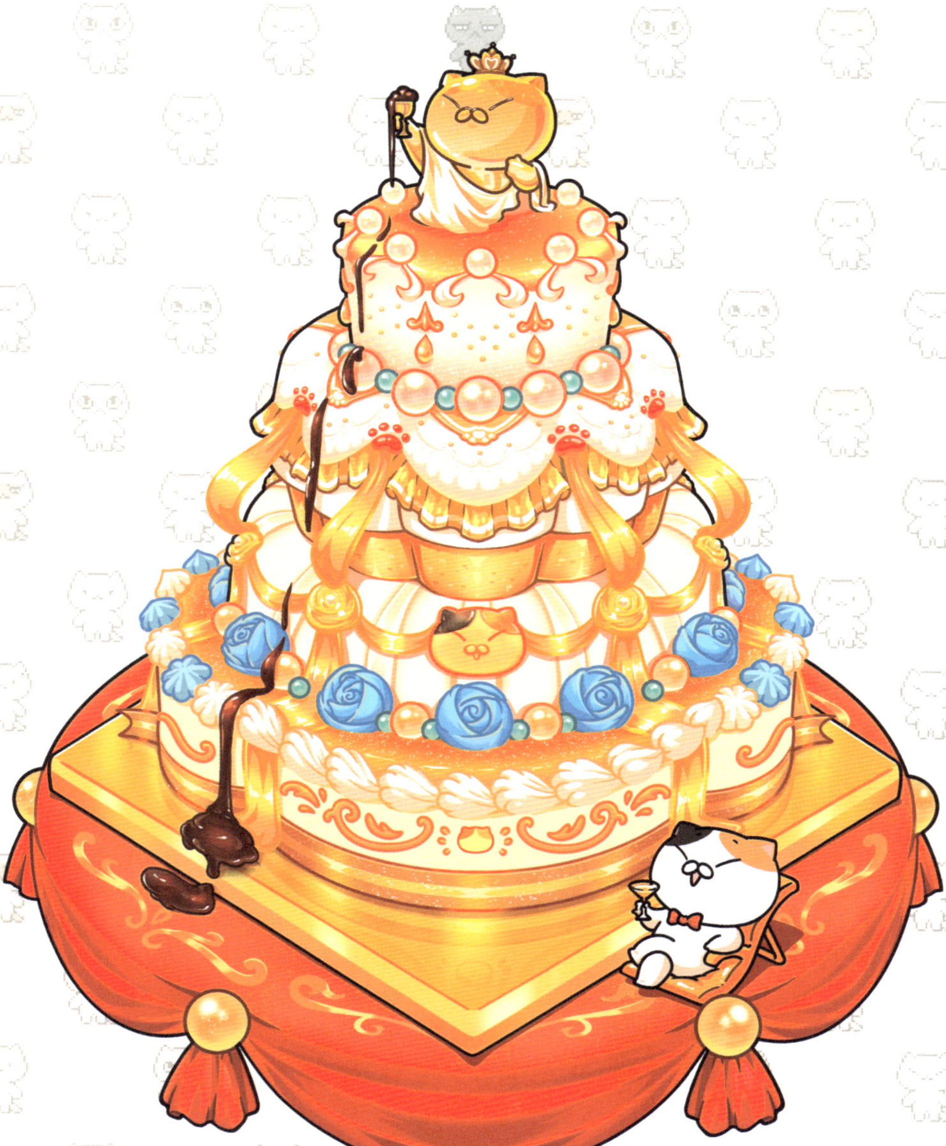

第四回 ◉ 一統群妖

告別師父菩提喵後，
悟空喵順利**回**到了**花果山**，

《西遊記．第二回》：「悟空見沒奈何，只得拜辭（祖師），與眾相別……悟空謝了，即抽身，捻著訣，丟個連扯，縱起筋斗雲，徑回東勝。那（哪）裡消一個時辰，早看見花果山水簾洞。」

可還沒落地，
就聽到了猴兒們的**哭喊聲**。

《西遊記．第二回》：「悟空按下雲頭，直至花果山，找路而走。忽聽得鶴唳猿啼，鶴唳聲沖霄漢外，猿啼悲切甚傷情。」

發生**什麼事**了呢？

大小猴們看到大王回來，全都圍上來**訴苦**……

是大王！大王回來了！
大王要給我們做主啊！
嗚嗚嗚嗚嗚嗚嗚嗚……
大王！

《西遊記．第二回》：「那崖下石坎邊，花草中，樹木裡，若大若小之猴，跳出千千萬萬，把個美猴王圍在當中，叩頭叫道：『大王，你好寬心！怎麼一去許久？把我們俱閃在這裡，望你誠如饑渴！』」

原來，在悟空喵外出修行期間，

自己的**老巢遭到了攻擊**……

《西遊記．第二回》：「『……近來被一妖魔在此欺虐，強要占我們水簾洞府。』」

還有我的玩具……
大王，我們被欺負慘了……
我的零食也沒了！

這花果山上除了**猴子**一家外，

還住著形形色色**各種妖怪**。

老大不在，猴兒們自然就**被盯上**了！

《西遊記．第二回》：「(眾猴道)：『……大王若再年載不來，我等連山洞盡屬他人矣！』」

而搞事的正是**群妖中**的**一個**，

他就是**混世魔王喵**！

混世魔王
哼哼！

《西遊記·第二回》：「眾猴叩頭：『告上大王，那廝自稱混世魔王，住居在直北下。』」

混世魔王喵不僅**攻擊**猴兒們的**水簾洞**，

噢——!!
混
小的們！衝呀！

還**搶**了不少猴兒們的**家具**，

哈哈哈哈哈

《西遊記·第二回》：「(眾猴道)：『這些時，被那廝搶了我們家火(伙)。』」

甚至**把**一些**猴兒**也一起**抓走**。

《西遊記．第二回》：『……捉了許多子侄，教我們晝夜無眠，看守家業。』」

這期間真的被欺負得**好慘**！

聽到這些事，悟空喵簡直**氣炸**了。

《西遊記．第二回》：「悟空聞說，心中大怒道：『是甚麼妖魔，輒敢無狀！你且細細說來，待我尋他報仇。』」

他立刻出發，
決定去**收拾**混世魔王喵！

《西遊記．第二回》：「悟空道：『既如此，你們休怕，且自頑（玩）耍，等我尋他去來！』」

花果山也是很大，
悟空喵駕著筋斗雲**到處找**，

《西遊記．第二回》：「好猴王，將身一縱跳起去，一路筋斗，直至北下觀看，見一座高山，真是十分險峻。」

找啊找……突然，他**聽到**了些**聲響**，

嗯？

《西遊記．第二回》：「美猴王正默觀看景致，只聽得有人言語。」

原來是幾個小**妖怪**在那兒**跳舞**。

《西遊記．第二回》：「……徑自下山尋覓，原來那陡崖之前，乃是那水臟洞。洞門外有幾個小妖跳舞，見了悟空就走。」

大王叫我來巡山！

看來這就是混世魔王喵的**老巢**了！

？
喂！是你們吧？
?!

小妖們見到悟空喵後剛要跑，就**被叫住**了，

站住！
進去給我帶個話！

《西遊記．第二回》：「悟空道：『休走！借你口中言，傳我心內事。我乃正南方花果山水簾洞洞主。你家甚麼混世鳥魔，屢次欺我兒孫，我特尋來，要與他見個上下！』」

然後乖乖地進去**報告**。

《西遊記．第二回》：「那小妖聽說，疾忙跑入洞裡，報道，『大王！禍事了！』魔王道：『有甚禍事？』小妖道：『洞外有猴頭稱為花果山水簾洞洞主。他說你屢次欺他兒孫，特來尋你見個上下哩。』」

老大！猴子家找上門了！
還很囂張！

混世魔王喵知道是**仇家**來**算帳**了，

哼！來了嗎？

《西遊記．第二回》：「魔王笑道：『我常聞得那些猴精說他有個大王，出家修行去，想是今番來了。你們見他怎生打扮，有甚器械？』小妖道：『他也沒甚麼器械，光著個頭，穿一領紅色衣，勒一條黃絲條，足下踏一對烏靴，不僧不俗，又不像道士神仙，赤手空拳，在門外叫哩。』」

抄著傢伙就**衝了出來**。

《西遊記‧第二回》：「魔王聞說：『取我披掛兵器來！』那小妖即時取出。那魔王穿了甲冑，綽刀在手，與眾妖出得門來，即高聲叫道：『那（哪）個是水簾洞洞主？』」

可一看悟空喵那**瘦小**的樣子，

《西遊記‧第二回》：「猴王喝道：『這潑魔這般眼大，看不見老孫！』魔王見了，笑道：『你身不滿四尺，年不過三旬，手內又無兵器，怎麼大膽猖狂，要尋我見甚麼上下？』」

混世魔王喵竟然**輕敵**了起來，

《西遊記‧第二回》：「那魔王伸手架住道：『你這般矬矮，我這般高長，你要使拳，我要使刀，使刀就殺了你，也吃人笑。待我放下刀，與你使路拳看。』」

直接扔了兵器，
打算用**拳頭**教訓悟空喵。

《西遊記．第二回》：「那魔王丟開架手便打，這悟空鑽進去相撞相迎。他兩個拳捶腳踢，一衝一撞……」

悟空喵是那麼**好欺負**的**嗎**……

《西遊記．第二回》：「原來長拳空大，短簇堅牢。那魔王被悟空掏短脅，撞丫襠，幾下筋節，把他打重了。」

他拔下了一把**毫毛**，然後**一吹**……

《西遊記．第二回》：「悟空見他兇猛，即使身外身法，拔一把毫毛，丟在口中嚼碎，望空噴去，叫一聲：『變！』」

頓時變出了幾百個**分身**來！

《西遊記・第二回》：「……即變做（作）三二百個小猴，周圍攢簇。」

混世魔王喵**哪裡打得過**……

《西遊記・第二回》：「那些小猴，眼乖會跳，刀來砍不著，槍去不能傷。你看他前踴後躍，鑽上去，把個魔王圍繞，抱的抱，扯的扯，鑽襠的鑽襠，扳腳的扳腳，踢打撏毛，摳眼睛，捻鼻子，抬鼓弄，直打做（作）一個攢盤。」

三兩下就**被幹掉**了。

《西遊記．第二回》：「這悟空才去奪得他的刀來，分開小猴，照頂門一下，砍為兩段。」

就這樣，悟空喵帶著被抓走的**小夥伴**們重新**回**到了**水簾洞**。

《西遊記．第二回》：「好猴王，念聲咒語，駕陣狂風，雲頭落下，叫：『孩兒們，睜眼。』眾猴……認得是家鄉，個個歡喜，都奔洞門舊路。那在洞眾猴，都一齊簇擁同入，分班序齒，禮拜猴王。」

大王好厲害！
謝謝大王！
哇！我們在天上！

為了保衛家園，悟空喵還開始教猴兒們**操練武藝**。

打怪
從入門到精通

《西遊記．第三回》：「卻說美猴王榮歸故里，自剿了混世魔王，奪了一口大刀，逐日操演武藝。」

大小猴們每天拿著**木刀竹棍**練來練去，

《西遊記‧第三回》：「……教小猴砍竹為標，削木為刀，治旗幡，打哨子，一進一退，安營下寨。」

呃……但真打起仗來，
木刀竹棍可**不太行**啊……

糟糕

《西遊記‧第三回》：「頑（玩）耍多時，（猴王）忽然靜坐處思想道：『我等在此，恐作耍成真，或驚動人王，或有禽王、獸王認此犯頭，說我們操兵造反，興師來相殺，汝等都是竹竿木刀，如何對敵？須得鋒利劍戟方可。如今奈何？』」

這時有手下建議去附近的**傲來國**看看，

大王！那裡應該有鐵傢伙！

《西遊記‧第三回》：「四猴道：『我們這山向東去，有二百里水面，那廂乃傲來國界。那國界中有一王位，滿城中軍民無數，必有金銀銅鐵等匠作。大王若去那裡，或買或造些兵器，教演我等，守護山場，誠所謂保泰長久之機也。』」

悟空喵聽完便馬上**出發**了。

《西遊記‧第三回》：「悟空聞說，滿心歡喜道：『汝等在此頑（玩）耍，待我去來。』」

傲來國果然**熱鬧**呀……

《西遊記‧第三回》：「好猴王，即縱筋斗雲，霎時間過了二百里水面。果見那廂有座城池，六街三巷，萬戶千門，來來往往，人都在光天化日之下……」

為了拿兵器，
悟空喵咻的一聲**吹起**一陣**大風**，

《西遊記‧第三回》：「他就捻起訣來，念動咒語，向巽地上吸一口氣，呼的吹將去，便是一陣狂風，飛沙走石，好驚人也。」

頓時大家被風颳得**睜不開眼**，

《西遊記．第三回》：「風起處，驚散了那傲來國君王，三市六街，都慌得關門閉戶，無人敢走。」

等回過神來，

國中的武器庫已經被**搬空**了……

《西遊記．第三回》：「悟空才按下雲頭，徑闖入朝門裡，直尋到兵器館武庫中……變做（作）千百個小猴，都亂搬亂搶；有力的拿五七件，力小的拿三二件，盡數搬個罄淨。徑踏雲頭，弄個攝法，喚轉狂風，帶領小猴，俱回本處。」

就這樣，有了兵器的猴子一家**戰鬥力暴漲**！

《西遊記．第三回》：「眾猴稱謝畢，都去搶刀奪劍，撾斧爭槍，扯弓扳弩，吆吆喝喝，耍了一日。次日，依舊排營。悟空會聚群猴，計有四萬七千餘口。」

而花果山上
總共有**七十二**家妖怪，

《西遊記．第三回》：「早驚動滿山怪獸，都是些狼蟲虎豹、麖麂獐豝、狐狸獾狢、獅象狻猊、猩猩熊鹿、野豕山牛、羚羊青兕、狡兒神獒……各樣妖王，共有七十二洞。」

他們通通都跑來**當**悟空喵的**小弟**，

《西遊記．第三回》：「……都來參拜猴王為尊。每年獻貢，四時點卯。」

有的給悟空喵**送彩旗**，

《西遊記·第三回》：「各路妖王又有進金鼓，進彩旗……」

有的給悟空喵**送鎧甲**，

《西遊記·第三回》：「……進盔甲的……」

總之**非常高興**就對了！

《西遊記·第三回》：「……紛紛攘攘，日逐家習舞興師。」

只不過……雖然大家已經**全副武裝**了，
但似乎忘了一件事——

《西遊記．第三回》：「美猴王正喜間，忽對眾說道：『汝等弓弩熟諳，兵器精通，奈我這口刀著實榔槺，不遂我意，奈何？』」

悟空喵好像還**沒有**一件**像樣**的**武器**。

《西遊記．第三回》：「四老猴上前啟奏道：『大王乃是仙聖，凡兵是不堪用，但不知大王水裡可能去得？』悟空道：『我自聞道之後，有七十二般地煞變化之功，筋斗雲有莫大的神通……水不能溺，火不能焚。那（哪）些兒去不得？』」

這時，手下又給他**出**了個**主意**，

他說的地方正是**東海龍宮**！

《西遊記．第三回》：「四猴道：『大王既有此神通，我們這鐵板橋下，水通東海龍宮。大王若肯下去，尋著老龍王，問他要件甚麼兵器，卻不趁心？』」

要知道那可是**東海龍王喵**住的地方。

這個建議讓悟空喵**興奮不已**！

《西遊記．第三回》：「悟空聞言甚喜，道：『等我去來。』」

就這樣，悟空喵打算單獨**前往龍宮**看看，

《西遊記．第三回》：「好猴王，跳至橋頭，使一個閉水法，捻著訣，撲的鑽入波中，分開水路，徑入東洋海底。」

他是否可以找到**合適的兵器**呢？

（且聽下回分解。）

原文節選

《西遊記》第二回

那小妖聽說，疾忙跑入洞裡，報道，「大王！禍事了！」魔王道：「有甚禍事？」小妖道：「洞外有猴頭稱為花果山水簾洞洞主。他說你屢次欺他兒孫，特來尋你見個上下哩。」魔王笑道：「我常聞得那些猴精說他有個大王，出家修行去，想是今番來了。你們見他怎生打扮，有甚器械？」小妖道：「他也沒甚麼器械，光著個頭，穿一領紅色衣，勒一條黃絲絛，足下踏一對烏靴，不僧不俗，又不像道士神仙，赤手空拳，在門外叫哩。」魔王聞說：「取我披掛兵器來！」那小妖即時取出。那魔王穿了甲冑，綽刀在手，與眾妖出得門來，即高聲叫道：「那（哪）個是水簾洞洞主？」悟空急睜睛觀看，只見那魔王：頭戴烏金盔，映日光明；身掛皂羅袍，迎風飄蕩。下穿著黑鐵甲，緊勒皮條；足踏著花褶靴，雄如上將。腰廣十圍，身高三丈。手執一口刀，鋒刃多明亮。稱為混世魔，磊落凶模樣。猴王喝道：「這潑魔這般眼大，看不見老孫！」魔王見了，笑道：「你身不滿四尺，年不過三旬，手內又無兵器，怎麼大膽猖狂，要尋我見甚麼上下？」悟空罵道：「你這潑魔，原來沒眼！你量我小，要大卻也不難。你量我無兵器，我兩隻手勾著天邊月哩！你不要怕，只吃老孫一拳！」縱一縱，跳上去，劈臉就打。

玄機錄

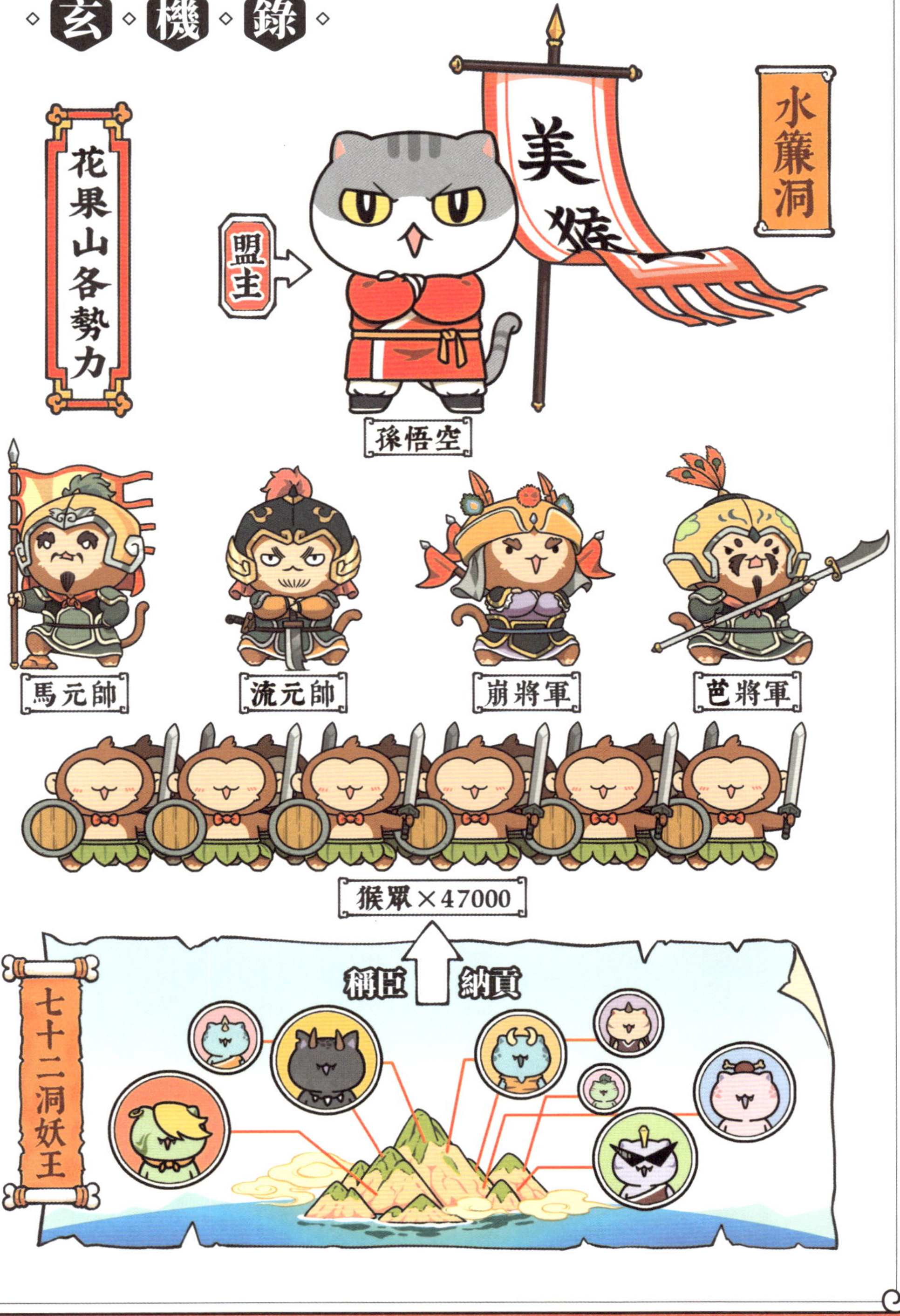

花果山各勢力
水簾洞
美猴
盟主
孫悟空
馬元帥
流元帥
崩將軍
芭將軍
猴眾×47000
稱臣
納貢
七十二洞妖王

百群喵檔案

煎餅的角色介紹

1 煎餅，因為表情兇狠且眼睛上有條疤，導致看上去很可怕。

2 但其實是個內心細膩的傢伙，

3 喜歡看少女漫畫和言情劇。

4 心靈手巧，能製作各種小手工。

5 因為不喜歡流汗，所以游泳是他最愛的運動。

6 因為同樣喜歡可愛的東西，跟饅頭關係要好。

7 也喜歡跟水餃一起討論模型和手辦，

8 眼睛的傷疤據說跟烏龍有關。

煎餅

雙魚座

生日：3月3日

身高：182 公分

給自己打氣的一句話：

「越放鬆越強大，尊重別人的聲音，

但勇敢做自己。」

（煎餅擬人介紹）

煎餅的蛋糕
Jianbing's Cake

第五回◉龍宮尋寶

為了**尋找**一件合適的**兵器**，
悟空喵決定到**龍宮**看看，

《西遊記．第三回》：「四猴道：『大王既有此神通，我們這鐵板橋下，水通東海龍宮。大王若肯下去，尋著老龍王，問他要件甚麼兵器，卻不趁心？』悟空聞言甚喜，道：『等我去來。』」

一個法術便**潛進**了海底，

《西遊記．第三回》：「好猴王，跳至橋頭，使一個閉水法，捻著訣，撲的鑽入波中，分開水路，徑入東洋海底。」

沒多久就來到了**龍宮**附近，

正打算進去，卻**被**一個夜叉**攔住**了。

站住！你個大毛臉是誰啊？

《西遊記．第三回》：「……正行間，忽見一個巡海的夜叉，擋住問道：『那推水來的，是何神聖？說個明白，好通報迎接。』」

悟空喵**自我介紹**了一番……

老子花果山的！
誰叫大毛臉！讓你們龍王出來見我！

《西遊記．第三回》：「悟空道：『我乃花果山天生聖人孫悟空，是你老龍王的緊鄰，為何不識？』」

一聽是花果山的，**龍王喵**趕緊出門**迎接**，

大……大佬，您好……

《西遊記．第三回》：「那夜叉聽說，急轉水晶宮傳報道：『大王，外面有個花果山天生聖人孫悟空，口稱是大王緊鄰，將到宮也。』東海龍王敖廣即忙起身，與龍子龍孫、蝦兵蟹將出宮迎道：『上仙請進，請進。』」

而且非常**客氣**。

這邊……

倒是悟空喵……不僅又**吃**又**喝**，

真好吃！
哈哈哈！

《西遊記．第三回》：「……直至宮裡相見，上坐獻茶畢，（龍王）問道：『上仙幾時得道，授何仙術？』」

還開口要**兵器**……

好了，識趣點，拿出來吧……
你是強盜嗎？

《西遊記．第三回》：「悟空道：『我自生身之後，出家修行，得一個無生無滅之體。近因教演兒孫，守護山洞，奈何沒件兵器。久聞賢鄰享樂瑤宮貝闕，必有多餘神器，特來告求一件。』」

既然都找上門了，龍王喵只能**想辦法給了**。

哈哈……好的好的，您稍等……
嗯……你應該有的吧……

《西遊記．第三回》：「龍王見說，不好推辭……」

他先是拿出了一把**大刀**，

大杆刀
這把寶刀顏值高，高貴又低調！

《西遊記．第三回》：「……即著鱖都司取出一把大杆刀奉上。」

悟空喵表示**不喜歡**，

哦……
俺不愛耍大刀，不要……

《西遊記．第三回》：「悟空道：『老孫不會使刀，乞另賜一件。』」

接著拿出一把**叉子**，

九股叉
大鋼叉！實用中帶點俏皮，還能當晾衣架！
嚯嚯！

《西遊記．第三回》：「龍王又著鮊大尉領鱔力士，抬出一杆九股叉來。」

悟空喵又表示**太輕**，

能……給點有分量的嗎？
咻

《西遊記．第三回》：「悟空跳下來，接在手中，使了一路，放下道：『輕！輕！輕！又不趁手！再乞另賜一件。』」

真是**難伺候**啊……

我再找找，您稍等……
喂，庫房嗎？還有別的嗎？

《西遊記．第三回》：「龍王笑道：『上仙，你不曾看，這叉有三千六百斤重哩！』悟空道：『不趁手！不趁手！』」

沒辦法……龍王喵扛出了一把

七千兩百斤的**方天畫戟**。

《西遊記．第三回》：「龍王心中恐懼，又著鯿提督、鯉總兵抬出一柄畫杆方天戟。那戟有七千二百斤重。」

可悟空喵一拿，還是**太輕**……

《西遊記．第三回》：「悟空見了，跑近前接在手中，丟幾個架子，撒兩個解數，插在中間道：『也還輕！輕！輕！』」

這就搞得龍王喵不知道**怎麼辦**好了，

《西遊記．第三回》：「老龍王一發害怕，道：『上仙，我宮中只有這根戟重，再沒甚麼兵器了。』」

幸虧這時龍王夫人給他**提了個醒**……

老公呀，不如把那塊神珍鐵給他算了。
對喔……

《西遊記．第三回》：「正說處，後面閃過龍婆、龍女道：『大王，觀看此聖，絕非小可。我們這海藏中，那一塊天河定底的神珍鐵，這幾日霞光豔豔，瑞氣騰騰，敢莫是該出現，遇此聖也？』」

他們說的**「神珍鐵」**，是當年大禹王治水時留下的**神物**，

《西遊記．第三回》：「龍王道：『那是大禹治水之時，定江海淺深的一個定子，是一塊神鐵，能中何用？』」

但對於龍宮來說似乎**沒啥用**……

廢
鐵

《西遊記．第三回》：「龍婆道：『莫管他用不用，且送與他，憑他怎麼改造，送出宮門便了。』」

於是乎，龍王喵便把它**推薦給**了悟空喵。

《西遊記．第三回》：「老龍王依言，盡向悟空說了。」

那神珍鐵**粗**得跟柱子似的，
還發著**金光**，

《西遊記．第三回》：「龍王果引導至海藏中間，忽見金光萬道……悟空撩衣上前，摸了一把，乃是一根鐵柱子，約有斗來粗，二丈有餘長。」

上面寫著**「如意金箍棒」**。

《西遊記．第三回》：「悟空十分歡喜，拿出海藏看時，原來兩頭是兩個金箍，中間乃一段烏鐵，緊挨箍有鐫成的一行字，喚做(作)『如意金箍棒，重一萬三千五百斤』。」

悟空喵一**走近**，
它就跟遇到主人一樣變成了**適合**拿的**大小**。

《西遊記．第三回》：「他盡力兩手撾過道：『忒粗忒長些！再短細些方可用。』說畢，那寶貝就短了幾尺，細了一圍。悟空又顛一顛道：『再細些更好！』那寶貝真個又細了幾分。」

真是個**好寶貝**呀！

《西遊記．第三回》：「（悟空）心中暗喜道：『想必這寶貝如人意！』」

看悟空喵如此**滿意**，龍王喵長舒一口氣，

《西遊記．第三回》：「悟空將寶貝執在手中，坐在水晶宮殿上，對龍王笑道：『多謝賢鄰厚意。』龍王道：『不敢，不敢。』」

但明顯**舒早了**……

《西遊記．第三回》：「悟空道：『這塊鐵雖然好用，還有一說。』」

因為悟空喵還想要一套**戰衣**，

你再給我搞套裝備吧！
給我！
什麼？
?!

《西遊記．第三回》：「悟空道：『當時若無此鐵，倒也罷了；如今手中既拿著他，身上更無衣服相趁（稱），奈何？你這裡若有披掛，索性送我一副，一總奉謝。』」

而且**不給**就**不走**了，

《西遊記．第三回》：「悟空道：『「一客不犯二主」。若沒有，我也定不出此門。』」

來嘛……

這簡直就是**耍流氓**啊……

我勸你還是給的好。
知道……

倒楣的龍王喵只能跟兄弟們**求救**了，

03:21
相親相愛一家龍（27）
救命！快來我家！！
西海龍王
？？？
北海龍王
大哥怎麼了？
來了再說！快！！
南海龍王

《西遊記．第三回》：「龍王慌了道：『上仙，切莫動手！切莫動手！待我看舍弟處可有，當送一副。』」

不一會兒，

西海、南海和北海的**龍王喵都來了**，

好慘……都沒顏色了。
大哥振作點啊！
是啊！這不是來了嗎？

《西遊記．第三回》：「霎時，鐘鼓響處，果然驚動那三海龍王，須臾來到，一齊在外面會著敖廣，道：『大哥有甚緊事，擂鼓撞鐘？』」

並且湊出了一套**炫酷**的**裝備**！

炫
酷

《西遊記．第三回》：「西海龍王敖閏道：『說的是。我這裡有一雙藕絲步雲履哩。』北海龍王敖順道：『我帶了一副鎖子黃金甲哩。』南海龍王敖欽道：『我有一頂鳳翅紫金冠哩。』」

悟空喵這才**心滿意足**地啟程**回家**，

謝謝你們啦！有空我再來做客。
……
……
……
……

《西遊記・第三回》：「悟空將金冠、金甲、雲履都穿戴停當，使動如意棒，一路打出去，對眾龍道：『聒噪！聒噪！』」

龍王喵們真**可憐**……

有這樣的鄰居也太慘了……
大哥振作啊！
氣死了！咱們去告他！

就這樣，悟空喵帶著一身神級裝備**歸來**！

《西遊記．第三回》：「忽然見悟空跳出波外，身上更無一點水濕，金燦燦的走上橋來。」

金燦燦的樣子讓猴子們個個都**看呆**了。

《西遊記．第三回》：「……唬得眾猴一齊跪下道：『大王，好華彩耶！好華彩耶！』」

特別是那個**金箍棒**，

《西遊記．第三回》：「悟空滿面春風，高登寶座，將鐵棒豎在當中……對眾笑道：『物各有主。這寶貝鎮於海藏中，也不知幾千百年，可可的今歲放光。龍王只認做（作）是塊黑鐵，又喚做（作）天河鎮底神珍……你都站開，等我再叫他（它）變一變看。』」

不僅重**一萬三千五百**斤，

在悟空喵的**命令**下，小還可以**小**成繡花針，

《西遊記．第三回》：「……他將那寶貝顛在手中，叫：『小！小！小！』即時就小做（作）一個繡花針兒相似，可以揌在耳朵裡面藏下。」

大可以變得如同擎天柱！

《西遊記．第三回》：「猴王真個去耳朵裡拿出，托放掌上叫：『大！大！大！』即又大做（作）斗來粗細，二丈長短。他弄到歡喜處，跳上橋，走出洞外，將寶貝揝在手中……手中那棒，上抵三十三天，下至十八層地獄。」

玩到興起，

悟空喵自己也施展了個**巨大術**，

《西遊記．第三回》：「（悟空）使一個法天象地的神通，把腰一躬，叫聲：『長！』」

把自己變得**無敵巨大**。

《西遊記．第三回》：「……他就長的高萬丈，頭如泰山，腰如峻嶺，眼如閃電，口似血盆，牙如劍戟。」

這可把花果山上的其他妖怪都**嚇壞了**，

《西遊記．第三回》：「把些虎豹狼蟲，滿山群怪，七十二洞妖王，都唬得磕頭禮拜，戰兢兢魄散魂飛。」

紛紛跑來**祝賀**。

《西遊記．第三回》：「慌得那各洞妖王，都來參賀。」

在那之後，

悟空喵把水簾洞**交給其他猴子**打理，

《西遊記．第三回》：「猴王將那四個老猴封為健將；將兩個赤尻馬猴喚做（作）馬、流二元帥；兩個通背猿猴喚做（作）崩、芭二將軍。將那安營下寨、賞罰諸事，都付與四健將維持。」

自己則到處**遊山玩水**，

《西遊記．第三回》：「他放下心，日逐騰雲駕霧，遨遊四海，行樂千山。」

交**交朋友**、

《西遊記．第三回》：「……施武藝，遍訪英豪；弄神通，廣交賢友。」

開**開宴會**……

《西遊記．第三回》：「此時又會了個七弟兄……日逐講文論武，走斝傳觴，弦歌吹舞，朝去暮回，無般兒不樂。」

反正就是過得很**爽**！

《西遊記．第三回》：「……把那萬里之遙，只當庭闈之路，所謂點頭徑過三千里，扭腰八百有餘程。」

有一天，悟空喵開完宴會後正在**睡覺**，

《西遊記．第三回》：「一日，在本洞分付四健將安排筵宴，請六王赴飲，殺牛宰馬，祭天享地，著眾怪跳舞歡歌，俱吃得酩酊大醉。送六王出去，都又賞勞大小頭目，攲在鐵板橋邊松陰（蔭）之下，霎時間睡著。」

突然，在他身邊出來**兩個身影**……

《西遊記·第三回》：「只見那美猴王睡裡見兩人拿一張批文，上有『孫悟空』三字，走近身……」

不知為何，
悟空喵的**靈魂**被他們從身體**拖出**，

《西遊記·第三回》：「……不容分說，套上繩，就把美猴王的魂靈兒索了去，踉踉蹌蹌，直帶到一座城邊。」

迷迷糊糊的悟空喵
跟著他們來到了一個**陰森森**的地方，

他醒來一看，城上寫著**「幽冥界」**！

《西遊記．第三回》：「猴王漸覺酒醒，忽抬頭觀看，那城上有一鐵牌，牌上有三個大字，乃『幽冥界』。」

那兩個身影原來是**地府**的**鬼差**，

《西遊記．第三回》：「美猴王頓然醒悟道：『幽冥界乃閻王所居，何為到此？』那兩人道：『你今陽壽該終，我兩人領批，勾你來也。』」

為何悟空喵會**被抓**來幽冥界呢？

（且聽下回分解。）

原文節選

《西遊記》第三回

悟空滿面春風，高登寶座，將鐵棒豎在當中。那些猴不知好歹，都來拿那寶貝，卻便似蜻蜓撼鐵樹，分毫也不能禁動。一個個咬指伸舌道：「爺爺呀！這般重，虧你怎的拿來也！」悟空近前，舒開手，一把撾起，對眾笑道：「物各有主。這寶貝鎮於海藏中，也不知幾千百年，可可的今歲放光。龍王只認做（作）是塊黑鐵，又喚做（作）天河鎮底神珍。那廝每（們）都扛抬不動，請我親去拿之。那時此寶有二丈多長，斗來粗細；被我撾他（它）一把，意思嫌大，他（它）就小了許多；再教小些，他（它）又小了許多；再教小些，他（它）又小了許多；急對天光看處，上有一行字，乃『如意金箍棒，一萬三千五百斤』。你都站開，等我再叫他（它）變一變看。」他將那寶貝顛在手中，叫：「小！小！小！」即時就小做（作）一個繡花針兒相似，可以揌在耳朵裡面藏下。眾猴駭然，叫道：「大王！還拿出來耍耍！」猴王真個去耳朵裡拿出，托放掌上叫：「大！大！大！」即又大做（作）斗來粗細，二丈長短。他弄到歡喜處，跳上橋，走出洞外，將寶貝揝在手中，使一個法天象地的神通，把腰一躬，叫聲：「長！」他就長的高萬丈，頭如泰山，腰如峻嶺，眼如閃電，口似血盆，牙如劍戟；手中那棒，上抵三十三天，下至十八層地獄，把些虎豹狼蟲，滿山群怪，七十二洞妖王，都唬得磕頭禮拜，戰兢兢魄散魂飛。

悟空——瓜子（飾）

玄機錄

孫悟空的裝備

如意金箍棒
東海龍王贈
鳳翅紫金冠
南海龍王贈
藕絲步雲履
西海龍王贈
鎖子黃金甲
北海龍王贈

筋斗雲的飛行距離

1 筋斗 ≈
繞地球 **1.5** 圈

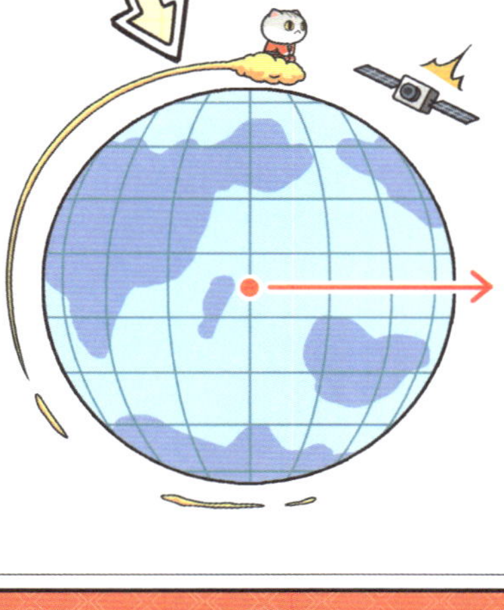

金箍棒的重量概念

在《西遊記》中，金箍棒重13500斤，當時的1斤約等於現代的582克，換算後，金箍棒重量約為現在的8噸。

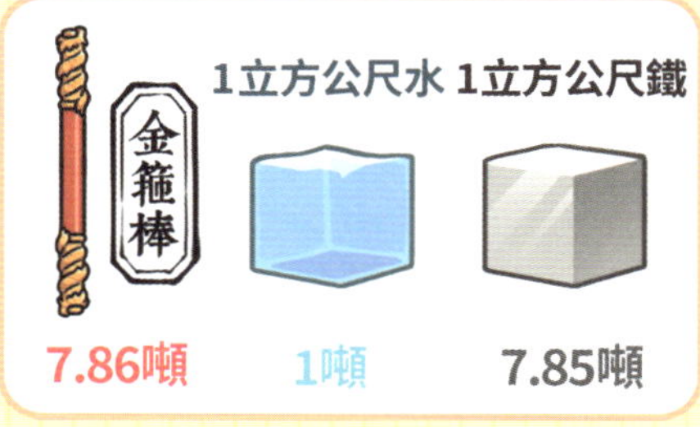
1立方公尺水 1立方公尺鐵
金箍棒
7.86噸
1噸
7.85噸

(明代)1斤=(現代)582克
(明代)13500斤=(現代) 7.857噸

百群喵檔案

拉麵的角色介紹

1 拉麵，整天笑咪咪，性格很隨和。

2 是和饅頭一樣的超級大胃王 2 號，

3 但怎麼吃都不胖。

4 唯一能讓他生氣的就是吃不好。

5 天選的好運體質，
逢考必過，逢抽必中。

6 只要朋友叫到了，他都會幫忙。

7 瓜子總是想讓他幫忙買彩票……

8 常常約饅頭出去覓食，
讓自助餐老闆們聞風喪膽。

拉麵

雙子座

生日：6月1日

身高：180公分

給自己打氣的一句話：

「好好吃飯，吃飽了就吃不下苦啦。」

（拉麵擬人介紹）

拉麵的蛋糕

Lamian's Cake

第六回 ◉ 冥府除名

幽冥界是**掌管**世間萬物**生死**的地方。

《西遊記．第三回》：「幽冥境界，乃地之陰司。」

生靈**死後**，勾魂使者就會把他們的**靈魂帶到這裡**。

《西遊記．第三回》：「那兩人道：『你今陽壽該終，我兩人領批，勾你來也。』」

千百年來，他們都和平地**重複**著這樣的**工作**，

《西遊記．第三回》：「天有神而地有鬼，陰陽輪轉；禽有生而獸有死，反復雌雄。生生化化，孕女成男，此自然之數，不能易也。」

直到有一天，
他們勾了一個**不好惹**的傢伙，

災
星

這就是**悟空喵**！

《西遊記．第三回》：「只見那美猴王睡裡見兩人拿一張批文，上有『孫悟空』三字，走近身，不容分說，套上繩，就把美猴王的魂靈兒索了去……猴王漸覺酒醒，忽抬頭觀看，那城上有一鐵牌，牌上有三個大字，乃『幽冥界』。美猴王頓然醒悟道：『幽冥界乃閻王所居，何為到此？』」

悟空
搞啥啊！抓我來幹啥啊？

悟空喵可已經是**學了仙術**的，

你們有沒有搞錯？
老子早就練成長生術了！
差
差

《西遊記．第三回》：「猴王聽說，道：『我老孫超出三界外，不在五行中，已不伏他管轄，怎麼朦朧，又敢來勾我？』」

但勾魂使者卻根本**不理會**……

知道了知道了……
快走快走……

《西遊記·第三回》：「那兩個勾死人只管扯扯拉拉，定要拖他進去。」

這可把悟空喵**惹毛了**！

《西遊記·第三回》：「這猴王惱起性來，耳朵中掣出寶貝，幌（晃）一幌（晃），碗來粗細。」

哐噹兩下，他就**幹掉**了兩個勾魂使者，

我都說了！老子已經學了長生術！
差

《西遊記·第三回》：「……略舉手，把兩個勾死人打為肉醬。」

然後操著傢伙就一路**打進去**，

啊！
呀!呀!呀——!!

《西遊記．第三回》：「……自解其索，丟開手，掄著棒，打入城中。」

把幽冥界的鬼喵們**嚇得**到處**亂跑**！

《西遊記．第三回》：「唬得那牛頭鬼東躲西藏，馬面鬼南奔北跑。」

聽到這樣的動靜，
幽冥界的**老大**們趕緊**出來看看**，

發生啥事了？
報告老大，外面有厲害的傢伙打進來了！

《西遊記．第三回》：「慌得那十代冥王急整衣來看。」

他們就是**十位冥王喵**。

《西遊記．第三回》：「十王道：『我等是秦廣王、初（楚）江王、宋帝王、忤官王、閻羅王、平等王、泰山王、都市王、卞城王、轉輪王。』」

雖說都是幽冥界**「扛把子」**吧，

《西遊記．第三回》：「十王躬身道：『我等是陰間天子十代冥王。』」

但還是悟空喵**可怕**點……

只能**低聲下氣**地跟悟空喵打招呼，

哈哈……
大佬您是？

《西遊記．第三回》：「（十王）見他相貌兇惡，即排下班次，應聲高叫道：『上仙留名！上仙留名！』」

這反而讓悟空喵**更生氣**了！

不知道我是誰，抓我來幹啥！

《西遊記．第三回》：「猴王道：『你既認不得我，怎麼差人來勾我？』」

實在沒辦法……

冥王喵們只能讓悟空喵自己**看生死簿**。

大佬別生氣，您應該是壽命完結了。您看看生死簿……

《西遊記．第三回》：「十王道：『上仙息怒。普天下同名同姓者多，敢是那勾死人錯走了也？』悟空道：『胡說！胡說！常言道：「官差吏差，來人不差。」你快取生死簿子來我看！』十王聞言，即請上殿查看。悟空執著如意棒，徑登森羅殿上，正中間南面坐下。十王即命掌案的判官取出文簿來查。」

生死簿是**記錄**世間生靈**壽命**的本子，

《西遊記．第三回》：「那判官不敢怠慢，便到司房裡，捧出五六簿文書並十類簿子，逐一查看。裸蟲、毛蟲、羽蟲、昆蟲、鱗介之屬，俱無他名。又看到猴屬之類，原來這猴似人相，不入人名；似裸蟲，不居國界；似走獸，不伏麒麟管；似飛禽，不受鳳凰轄——另有個簿子。」

上面**記載**著所有生靈可以**活的時間**，

等時間一**到**，

幽冥界便會把他的**靈魂勾來**。

於是乎，
悟空喵便拿著生死簿**一本本**地**翻**，

《西遊記．第三回》：「悟空親自檢閱……」

最終**找到**了**自己**的名字！

《西遊記．第三回》：「直到那魂字一千三百五十號上，方注著孫悟空名字。」

而上面**確實**顯示著自己的**壽命**已經**結束**，

《西遊記．第三回》：「……乃天產石猴，該壽三百四十二歲，善終。」

看來幽冥界**沒勾錯**啊……

怎麼辦呢？

他乾脆給**劃掉**了，

《西遊記．第三回》：「悟空道：『我也不記壽數幾何，且只消了名字便罷！取筆過來！』」

順手還把其他**猴子們**的名字也**劃了**！

《西遊記．第三回》：「悟空拿過簿子，把猴屬之類但有名者，一概勾之。」

冥王喵們真**可憐**啊……

就這樣，悟空喵才**心滿意足**地離開，

《西遊記．第三回》：「……捽下簿子道：『了帳！了帳！今番不伏你管了！』」

走的時候又嚇得鬼喵們**雞飛狗跳**。

《西遊記．第三回》：「……一路棒，打出幽冥界。」

重新**醒來**，
悟空喵已經回到了**花果山**。

《西遊記．第三回》：「這猴王打出城中，忽然絆著一個草紇繨，跌了個蹡踵，猛的醒來，乃是南柯一夢。」

猴子們**奇怪**悟空喵為啥睡了**這麼久**，

大王！你為啥睡了這麼久？
對呀！差點叫救護車了。

《西遊記．第三回》：「……才覺伸腰，只聞得四健將與眾猴高叫道：『大王吃了多少酒，睡這一夜，還不醒來？』」

悟空喵便將在**幽冥界的事**跟猴子們說了一遍。

《西遊記．第三回》：「悟空道：『睡還小可，我夢見兩個人來此勾我，把我帶到幽冥界城門之外，卻才醒悟。是我顯神通，直嚷到森羅殿，與那十王爭吵，將我們的生死簿子看了，但有我等名號，俱是我勾了，都不伏那廝所轄也。』」

知道大家以後都**不用死**了，
猴子們**高興**得不行，

萬歲

《西遊記．第三回》：「眾猴磕頭禮謝。自此，山猴多有不老者，以陰司無名故也。」

其他聽到消息的**妖怪喵**們
也一起過來**祝賀**他們。

《西遊記．第三回》：「美猴王言畢前事，四健將報知各洞妖王，都來賀喜。」

花果山的**宴會**又開了起來！

《西遊記．第三回》：「不幾日，六個義兄弟又來拜賀，一聞銷名之故，又個個歡喜。」

悟空喵也**繼續**過著他**沒羞沒臊**的日子……

《西遊記．第三回》：「……每日聚樂不題。」

然而悟空喵的胡鬧已經**驚動了上面**，

這就是**天界**！

《西遊記．第三回》：「那十王……都去翠雲宮同拜地藏王菩薩，商量啟表，奏聞上天，不在話下。」

天界之主乃是**玉皇大帝喵**。

《西遊記．第三回》：「卻表啟那高天上聖大慈仁者玉皇大天尊玄穹高上帝，一日駕坐金闕雲宮靈霄寶殿。」

玉皇大帝喵是**眾神之首**，

《西遊記．第七回》：「他自幼修持，苦歷過一千七百五十劫，每劫該十二萬九千六百年……方能享受此無極大道。」

統治著天、地、凡**三界**。

而被欺負了的**龍王喵**和**冥王喵**
便找玉皇大帝喵**訴苦**來了。

《西遊記．第三回》：「玉皇從頭看過。表曰：『水元下界東勝神洲東海小龍臣敖廣啟奏……近因花果山生、水簾洞住妖仙孫悟空者，欺虐小龍……臣今啟奏，伏望聖裁。懇乞天兵，收此妖孽。』」「旁有傳言玉女接上表文，玉皇亦從頭看過。表曰：『幽冥境界，乃地之陰司……孫悟空，逞惡行兇……伏乞調遣神兵，收降此妖，整理陰陽，永安地府。謹奏。』」

兩喵被揍成這樣，玉皇大帝喵也很**驚訝**，

呃……誰幹的啊？

《西遊記．第三回》：「大天尊宣眾文武仙卿，問曰：『這妖猴是幾年產育，何代出身，卻就這般有道？』」

屬下趕緊做了**報告**。

報告老闆！調查顯示是一個修了仙術的石猴喵幹的！

《西遊記．第三回》：「……一言未已，班中閃出千里眼、順風耳道：『這猴乃三百年前天產石猴。當時不以為然，不知這幾年在何方修煉成仙，降龍伏虎，強銷死籍也。』」

雖然不太清楚狀況，

但玉皇大帝喵還是決定**立刻行動**！

不理了，抓回來審一審吧……

《西遊記．第三回》：「……玉帝道：『那（哪）路神將下界收伏？』」

然而這時卻有一個仙喵**提出**了不同的**想法**，

陛下！我有話要說！
?

他就是**太白金星喵**。

太白金星

《西遊記．第三回》：「言未已，班中閃出太白長庚星，俯伏啟奏道：『上聖三界中，凡有九竅者，皆可修仙。奈此猴乃天地育成之體，日月孕就之身，他也頂天履地，服露餐霞，今既修成仙道，有降龍伏虎之能，與人何以異哉？』」

太白金星喵認為去抓他
還不如乾脆**收**石猴喵**做小弟**。

招聘大作戰
打
聘
您看——

《西遊記．第三回》：「『……臣啟陛下：可念生化之慈恩，降一道招安聖旨，把他宣來上界，授他一個大小官職，與他籍名在籙，拘束此間。若受天命，後再升賞；若違天命，就此擒拿。一則不動眾勞師，二則收仙有道也。』」

嗯……玉帝喵一聽，
竟然感覺這想法還**不錯**。

《西遊記．第三回》：「玉帝聞言甚喜，道：『依卿所奏。』」

就這樣，
太白金星喵啟程**前往花果山**，

《西遊記．第三回》：「金星領了旨，出南天門外，按下祥雲，直至花果山水簾洞。」

而此時的悟空喵還在家中**歡快地**生活著。

那麼這次跟天界的**接觸**將會**怎樣**呢？

（且聽下回分解。）

原文節選

《西遊記》第三回

悟空執著如意棒，徑登森羅殿上，正中間南面坐下。十王即命掌案的判官取出文簿來查。那判官不敢怠慢，便到司房裡，捧出五六簿文書並十類簿子，逐一查看。裸蟲、毛蟲、羽蟲、昆蟲、鱗介之屬，俱無他名。又看到猴屬之類，原來這猴似人相，不入人名；似裸蟲，不居國界；似走獸，不伏麒麟管；似飛禽，不受鳳凰轄——另有個簿子。悟空親自檢閱，直到那魂字一千三百五十號上，方注著孫悟空名字，乃天產石猴，該壽三百四十二歲，善終。悟空道：「我也不記壽數幾何，且只消了名字便罷！取筆過來！」那判官慌忙捧筆，飽掭濃墨。悟空拿過簿子，把猴屬之類但有名者，一概勾之。捽下簿子道：「了帳！了帳！今番不伏你管了！」一路棒，打出幽冥界。那十王不敢相近，都去翠雲宮同拜地藏王菩薩，商量啟表，奏聞上天，不在話下。這猴王打出城中，忽然絆著一個草紇繨，跌了個蹭踵，猛的醒來，乃是南柯一夢。才覺伸腰，只聞得四健將與眾猴高叫道：「大王吃了多少酒，睡這一夜，還不醒來？」悟空道：「睡還小可，我夢見兩個人來此勾我，把我帶到幽冥界城門之外，卻才醒悟。是我顯神通，直嚷到森羅殿，與那十王爭吵，將我們的生死簿子看了，但有我等名號，俱是我勾了，都不伏那廝所轄也。」眾猴磕頭禮謝。自此，山猴多有不老者，以陰司無名故也。

悟空——瓜子（飾）

冥王——煎餅（飾）

玄機錄

注：「仙階天梯圖」、「二氣之說」引自北宋古籍《鐘呂傳道集》。

仙階天梯圖

天仙 ★★★★★

神仙要在凡間傳授本領來積攢功德，借此獲得上天的認可。當神仙得到上天派發天書認可後就成了天仙，有資格在天庭當官。

神仙 ★★★★

地仙遠離凡間，進入深山裡隱居、潛心修煉到完滿，就能升級為神仙，法力大大增強。

地仙 ★★★

修煉法術成功，已經有長生不老的本事了。

凡仙 ★★

通過修煉法術和養生強身健體，讓自己壽命延長，不容易生病。

鬼仙 ★

鬼修煉而成，沒什麼前途，最後只能投胎。

二氣之說

純陰
衰老
縱欲
疾病
陽氣消散
陽
陰
修煉
靈丹仙草
積累功果
陽氣充盈
純陽
全陰為鬼
半陰半陽為凡俗
全陽為仙

五蟲分類法

毛蟲：走獸類動物，以麒麟為首。

羽蟲：飛禽類動物，以鳳凰為首。

裸蟲：無鱗無毛裸露皮膚的動物，以聖賢為首。

介蟲：有甲殼的水族以及昆蟲，以靈龜為首。

鱗蟲：有鱗片的動物，以蛟龍為首。

百群喵檔案

麻花的角色介紹

1 麻花，乖巧的好好先生，
對小夥伴的求助從不拒絕。

2 倒楣蛋體質，

3 非常努力讀書，
可惜成績總是不太好。

4 但麻花從不氣餒，
覺得沒有天賦靠努力也可以變強。

5 看著懦弱，
但其實在關鍵時刻很勇敢。

6 經常被認錯是油條。

7 最愛的食物竟然是泡麵。

麻花

摩羯座

生日： 12 月 24 日

身高： 178 公分

給自己打氣的一句話：

「能堅持一直重複，

也是一種天賦。」

(麻花擬人介紹)

麻花的蛋糕

Mahua's Cake

第七回 ◉ 官封弼馬

話說因為悟空喵把**龍王喵**和**冥王喵**給揍了，

哥倆慘

於是乎，作為三界主宰的玉皇大帝喵
決定去**抓**悟空喵。

《西遊記．第三回》：「玉皇覽畢，傳旨：『著冥君回歸地府，朕即遣將擒拿。』……玉帝道：『那（哪）路神將下界收伏？』」

捕
捉

不過屬下太白金星喵
卻建議**招收**悟空喵到天界**打工**，

陛下，我覺得這樣更省事……
行吧，聽你的。
招聘

《西遊記．第三回》：「言未已，班中閃出太白長庚星，俯伏啟奏道：『上聖三界中，凡有九竅者，皆可修仙……降一道招安聖旨，把他宣來上界，授他一個大小官職，與他籍名在籙，拘束此間。』」

就這樣，太白金星喵駕雲**來到了花果山**。

哈囉啊，有喵嗎？
花果山

《西遊記．第三回》：「玉帝聞言甚喜，道：『依卿所奏。』……金星領了旨，出南天門外，按下祥雲，直至花果山水簾洞。」

猴子們看到後趕緊來**告訴**悟空喵，

老大！有個天界老頭要見你！

《西遊記．第三回》：「洞外小猴，一層層傳至洞天深處，道：『大王，外面有一老人，背著一角文書，言是上天差來的天使，有聖旨請你也。』」

聽說有天界的**仙喵上門**，
悟空喵倒是非常**興奮**，

老頭！有啥好事嗎，老頭？
老頭？

《西遊記．第三回》：「美猴王聽得大喜，道：『我這兩日，正思量要上天走走，卻就有天使來請。』」

甚至想**請**對方**吃飯**。

《西遊記・第三回》：「金星徑入當中，面南立定道：『我是西方太白金星，奉玉帝招安聖旨下界，請你上天，拜受仙籙。』悟空笑道：『多感老星降臨。』叫：『小的們，安排筵宴款待。』」

在太白金星喵的**催促**下，
悟空喵這才跟著**出發**。

《西遊記・第三回》：「金星道：『聖旨在身，不敢久留；就請大王同往，待榮遷之後，再從容敘也。』」

然而，悟空喵的筋斗雲**非常快**，

《西遊記・第四回》：「那太白金星與美猴王，同出了洞天深處，一齊駕雲而起。原來悟空筋斗雲比眾不同，十分快疾。」

太白金星喵根本**跟不上**……

《西遊記．第四回》：「……把個金星撇在腦後。」

咻的一聲，悟空喵便**來到**了**天界大門**前，

《西遊記．第四回》：「……先至南天門外。」

正打算**進去**，

《西遊記・第四回》：「……正欲收雲前進……」

卻**被攔**了下來！

《西遊記・第四回》：「……被增長天王領著龐、劉、苟、畢、鄧、辛、張、陶，一路大力天丁，槍刀劍戟，擋住天門，不肯放進。」

原來是守天門的**天兵喵們擋住**了去路，

搞得**悟空喵**非常**不爽**……

《西遊記．第四回》：「猴王道：『這個金星老兒，乃奸詐之徒！既請老孫，如何教人動刀動槍，阻塞門路？』」

幸虧太白金星喵**趕到**，

這才順利**進入天界**。

《西遊記．第四回》：「將近天門，金星高叫道：『那天門天將，大小吏兵，放開路者。此乃下界仙人，我奉玉帝聖旨宣他來也。』那增長天王與眾天丁俱才斂兵退避。」

天界那個美啊……到處**金碧輝煌**，

《西遊記・第四回》：「初登上界，乍入天堂。金光萬道滾紅霓，瑞氣千條噴紫霧。」

有**三十三座天宮**、

《西遊記・第四回》：「這天上有三十三座天宮，乃遣雲宮、毗沙宮、五明宮、太陽宮、化樂宮，……一宮宮脊吞金穩獸。」

七十二重寶殿，

《西遊記・第四回》：「又有七十二重寶殿，乃朝會殿、凌虛殿、寶光殿、天王殿、靈官殿，……一殿殿柱列玉麒麟。」

天女喵美麗，

《西遊記‧第四回》：「上面有個紫巍巍，明幌幌（晃晃），圓丟丟，亮灼灼，大金葫蘆頂；下面有天妃懸掌扇，玉女捧仙巾。」

天將喵威武……

《西遊記‧第四回》：「……惡狠狠，掌朝的天將；氣昂昂，護駕的仙卿。」

在太白金星喵的帶領下，
悟空喵終於**來到**玉皇大帝喵**面前**。

《西遊記‧第四回》：「太白金星領著美猴王，到於靈霄殿外，不等宣詔，直至御前朝上禮拜。」

面對著三界的**主宰**，

你就是那個猴……

《西遊記．第四回》：「悟空挺身在旁，且不朝禮，但側耳以聽金星啟奏。金星奏道：『臣領聖旨，已宣妖仙到了。』玉帝垂簾問曰：『那（哪）個是妖仙？』」

悟空喵倒是一點都**不懼怕**……

《西遊記．第四回》：「……悟空卻才躬身答應道：『老孫便是。』」

沒錯！就是我！

就這樣，悟空喵成功在天界**當了官**，

要讓他幹啥好？
有個養馬的崗位……

《西遊記．第四回》：「玉帝宣文選武選仙卿，看那（哪）處少甚官職，著孫悟空去除授。」

這就是**弼馬溫**！

《西遊記．第四回》：「玉帝傳旨道：『就除他做個「弼馬溫」罷。』眾臣叫謝恩，他也只朝上唱個大喏。」

其實就是**養馬**的……

《西遊記．第四回》：「本監中典簿管徵備草料；力士官管刷洗馬匹、紮草、飲水、煮料；監丞、監副輔佐催辦；弼馬晝夜不睡，滋養馬匹。」

馬兒**餓了要餵草**，

《西遊記．第四回》：「……日間舞弄猶可，夜間看管殷勤；但是馬睡的，趕起來吃草。」

跑了要**拉回槽**，

《西遊記·第四回》：「……走的捉將來靠槽。」

在這樣的**辛苦勞作**之下，
馬兒們一個個變得**肥肥胖胖**。

《西遊記·第四回》：「……那些天馬見了他，泯耳攢蹄，都養得肉肥膘滿。」

雖然很**累**，但悟空喵感覺還是**挺開心**的，

畢竟……他**以為**弼馬溫**是**個超級**大官**，

《西遊記．第四回》：「正在歡飲之間，猴王忽停杯問曰：『我這「弼馬溫」，是個甚麼官銜？』眾曰：『官名就是此了。』又問：『此官是個幾品？』眾道：『沒有品從。』猴王道：『沒品，想是大之極也。』」

但真的**是這樣嗎**？

其他仙喵**告訴**了他**真相**——

《西遊記．第四回》：「……眾道：『不大，不大，只喚做（作）「未入流」。』」

弼馬溫不僅**不是大官**，

《西遊記．第四回》：「……猴王道：『怎麼叫做（作）「未入流」？』眾道：『末等。』」

還是**最低等**的，

《西遊記．第四回》：「『……這樣官兒，最低最小，只可與他看馬。似堂尊到任之後，這等殷勤，餵得馬肥，只落得道聲「好」字。』」

而且工作**做不好**要**被罵**那種……

《西遊記．第四回》：「『……如稍有些尪羸，還要見責；再十分傷損，還要罰贖問罪。』」

這就**不能忍**了！

《西遊記．第四回》：「猴王聞此，不覺心頭火起，咬牙大怒道：『這般渺（藐）視老孫！老孫在那花果山，稱王稱祖，怎麼哄我來替他養馬？養馬者，乃後生小輩下賤之役，豈是待我的！不做他（它）！不做他（它）！我將去也！』」

悟空喵氣得**把桌子一掀**，

《西遊記．第四回》：「……忽辣（呼啦）的一聲，把公案推倒。」

二話不說就**離開**天界，

《西遊記．第四回》：「……耳中取出寶貝，幌（晃）一幌（晃），碗來粗細，一路解數，直打出御馬監，徑至南天門。」

回到了**花果山**上。

《西遊記．第四回》：「須臾，（悟空）按落雲頭，回至花果山上。」

猴子們看到悟空喵回來，都**非常高興**，

《西遊記．第四回》：「一群猴都來叩頭，迎接進洞天深處，請猴王高登寶位，一壁廂辦酒接風。」

但悟空喵卻驚訝地發現，

原來在**天界一天**，**凡間界**竟是**一年**。

?!
大王大王！您追的幾部漫畫都完結了。

《西遊記．第四回》：「眾猴道：『大王，你在天上，不覺時辰。天上一日，就是下界一年哩。』」

他**去了**天界**半個多月**，

花果山已經**過了十多年**了。

《西遊記．第四回》：「猴王道：『我才半月有餘，那(哪)裡有十數年？』」

這麼久不見，猴子們有跟悟空喵**玩**的，

有表達**想念**的，

大王，我們好想你……
我也是……

也有問悟空喵
在天界**上班**上得**怎樣**的。

《西遊記．第四回》：「(眾猴) 都道：『恭喜大王，上界去十數年，想必得意榮歸也？』」

大王，在天界上班上得怎麼樣啊？

呃……看來**並不怎樣**……

……
失落

《西遊記．第四回》：「猴王搖手道：『不好說！不好說！活活的羞殺人！那玉帝不會用人，他見老孫這般模樣，封我做個甚麼「弼馬溫」，原來是與他養馬，未入流品之類。』」

為了讓悟空喵開心起來，
猴子和其他妖怪們**提議**給悟空喵起個**新稱號**，

這就是**「齊天大聖」**！

《西遊記．第四回》：「正飲酒歡會間，有人來報道：『大王，門外有兩個獨角鬼王，要見大王。』……（猴王）即將鬼王封為前部總督先鋒。鬼王謝恩畢，復啟道：『大王在天許久，所授何職？』猴王道：『玉帝輕賢，封我做個甚麼「弼馬溫」！』鬼王聽言，又奏道：『大王有此神通，如何與他養馬？就做個「齊天大聖」，有何不可？』」

這個稱號讓悟空喵**很高興呀**……

《西遊記．第四回》：「猴王聞說，歡喜不勝，連道幾個『好！好！好！』」

他直接弄了個**大旗子立在**花果**山上**。

哈
哈
哈
哈

《西遊記．第四回》：「……教四健將：『就替我快置個旌旗，旗上寫「齊天大聖」四大字，立竿張掛。自此以後，只稱我為齊天大聖，不許再稱大王。亦可傳與各洞妖王，一體知悉。』」

悟空喵的**消息**很快就**傳回**了**天界**，

《西遊記．第四回》：「卻說那玉帝次日設朝，只見張天師引御馬監監丞、監副，在丹墀下拜奏道：『萬歲，新任弼馬溫孫悟空，因嫌官小，昨日反下天宮去了。』」

報！那猴子嫌官小！跑了！

這次玉皇大帝喵就**沒那麼好說話**了。

來個誰！給我把他綁回來！

《西遊記．第四回》：「玉帝聞言，即傳旨：『著兩路神元，各歸本職，朕遣天兵擒拿此怪。』」

就這樣，一邊還**歡天喜地**地在家裡**自稱大聖**，

另一邊已經**殺氣騰騰**浩浩蕩蕩而來……

《西遊記．第四回》：「班部中閃上托塔李天王與哪吒三太子，越班奏上道：『萬歲，微臣不才，請旨降此妖怪。』玉帝大喜，即封托塔天王李靖為降魔大元帥，哪吒三太子為三壇海會大神，即刻興師下界。」

面對即將到來的**抓捕**，
悟空喵將會**怎樣**呢？

（且聽下回分解。）

原文節選

《西遊記》第四回

猴王搖手道：「不好說！不好說！活活的羞殺人！那玉帝不會用人，他見老孫這般模樣，封我做個甚麼『弼馬溫』，原來是與他養馬，未入流品之類。我初到任時不知，只在御馬監中頑（玩）耍。只今日問我同寮（僚），始知是這等卑賤。老孫心中大惱，推倒席面，不受官銜，因此走下來了。」眾猴道：「來得好！來得好！大王在這福地洞天之處為王，多少尊重快樂，怎麼肯去與他做馬夫？」教：「小的們！快辦酒來，與大王釋悶。」正飲酒歡會間，有人來報道：「大王，門外有兩個獨角鬼王，要見大王。」猴王道：「教他進來。」那鬼王整衣跑入洞中，倒身下拜。美猴王問他：「你見我何干？」鬼王道：「久聞大王招賢，無由得見；今見大王授了天祿，得意榮歸，特獻赭黃袍一件，與大王稱慶。肯不棄鄙賤，收納小人，亦得效犬馬之勞。」猴王大喜，將赭黃袍穿起，眾等忻然排班朝拜，即將鬼王封為前部總督先鋒。鬼王謝恩畢，復啟道：「大王在天許久，所授何職？」猴王道：「玉帝輕賢，封我做個甚麼『弼馬溫』！」鬼王聽言，又奏道：「大王有此神通，如何與他養馬？就做個『齊天大聖』，有何不可？」猴王聞說，歡喜不勝，連道幾個「好！好！好！」教四健將：「就替我快置個旌旗，旗上寫『齊天大聖』四大字，立竿張掛。自此以後，只稱我為齊天大聖，不許再稱大王。亦可傳與各洞妖王，一體知悉。」

悟空——瓜子（飾）

玄機錄

四天門

天宮下設東西南北四大天門，由四大天王以及眾神將輪流值守。南天門為天宮正門，也是出鏡率最高的門。

中國古代對方位及建築物的朝向非常講究，當時通過觀察地理氣候，會以北為陰，南為陽。

建造房屋多採用坐北朝南以獲得最佳採光。同時面南為尊位，故有「面南稱帝，面北稱臣」一說。

故南天門為天宮正門，孫悟空在攪亂天庭後也是偷偷從西天門溜走而未走正門。

守門天將陣容

守門天兵 ★　十二元帥 ★★　四大天王 ★★★

龐、劉、苟、畢、鄧、辛、張、陶、馬、趙、溫、關

百群喵檔案

饅頭的角色介紹

1. 饅頭，性格爽朗，大大咧咧。

2. 喜歡買好看的小裙子，

3. 但天生力大無窮，
感覺能撂倒一切……

4. 超級大胃王，最愛的食物是烤肉。

5. 非常熱愛演唱，
可惜五音不全。

6. 害怕吃藥和數學。

7. 跟豆花、湯圓是好閨蜜，

8. 跟烏龍、煎餅號稱「三巨頭」。

饅頭

天蠍座

生日： 10 月 31 日

身高： 168 公分

給自己打氣的一句話：

「生活這片大曠野，

四面八方都是方向。」

（饅頭擬人介紹）

饅頭的蛋糕

Mantou's Cake

第八回 ◉ 齊天大聖

上回說到悟空喵回花果山**當起**了**「齊天大聖」**。

《西遊記．第四回》：「(悟空)教四健將：『就替我快置個旌旗，旗上寫「齊天大聖」四大字，立竿張掛。自此以後，只稱我為齊天大聖，不許再稱大王。亦可傳與各洞妖王，一體知悉。』」

玉帝喵很**生氣**，

於是乎派出了**天兵天將**來找悟空喵**算帳**。

《西遊記．第四回》：「卻說那玉帝次日設朝，只見張天師引御馬監監丞、監副，在丹墀下拜奏道：『萬歲，新任弼馬溫孫悟空，因嫌官小，昨日反下天宮去了。』……玉帝聞言，即傳旨：『著兩路神元，各歸本職，朕遣天兵擒拿此怪。』」

帶頭的是兩個**狠角色**：

《西遊記．第四回》：「班部中閃上托塔李天王與哪吒三太子，越班奏上道：『萬歲，微臣不才，請旨降此妖怪。』」

一個是托塔天王**李靖喵**，

《西遊記．第四回》：「玉帝大喜，即封托塔天王李靖為降魔大元帥。」

天界眾天王裡的**「大咖」**，

武器是**黃金玲瓏寶塔**；

《西遊記・第八十三回》：「天王（李靖）……告求我佛如來，如來以和為尚，賜他一座玲瓏剔透舍利子如意黃金寶塔，——那塔上層層有佛，豔豔光明。」

另一個則是三太子**哪吒喵**，

《西遊記・第八十三回》：「玉帝……封哪吒太子為三壇海會之神，帥領天兵，收降行者。」

很**酷**很**能打**，

是李靖喵的**三兒子**。

《西遊記．第八十三回》：「天王道：『我止（ㄓˇ）有三個兒子，一個女兒……三小兒名哪吒，在我身邊，早晚隨朝護駕。』」

呃……

不過爺倆的**關係**似乎**一般般**……

《西遊記．第八十三回》：「這太子（哪吒）三朝兒就下海淨身闖禍，踏倒水晶宮……天王知道，恐生後患，欲殺之。哪吒憤怒，將刀在手，割肉還母，剔骨還父，還了父精母血，一點靈魂，徑到西方極樂世界告佛……後來（哪吒）要殺天王，報那剔骨之仇……（如來）喚哪吒以佛為父，解釋了冤仇。」

反正就是**父子倆**拉著大軍

呼啦啦地**殺了過來**，

《西遊記．第四回》：「李天王與哪吒叩頭謝辭，徑至本宮，點起三軍，帥眾頭目，著巨靈神為先鋒，魚肚將掠後，藥叉將催兵。一霎時出南天門外，徑來到花果山。」

打算把悟空喵**抓回去**！

花
天
VS

最先出戰的是天界軍的**巨靈神喵**。

《西遊記．第四回》：「（天王）選平陽處安了營寨，傳令教巨靈神挑戰。」

巨
靈
嘿嘿！
第一回合

巨靈神喵**上來就**開始**挑釁**，

把你家養馬的叫出來！
快！

《西遊記．第四回》：「巨靈神得令，結束整齊，掄著宣花斧，到了水簾洞外。只見那洞門外，許多妖魔……巨靈神喝道：『那業畜！快早去報與弼馬溫知道，吾乃上天大將，奉玉帝旨意，到此收伏。教他早早出來受降，免致汝等皆傷殘也。』」

把悟空喵惹得**火冒三丈**。

叫誰養馬的呢！

《西遊記．第四回》：「猴王聽說，教：『取我披掛來！』就戴上紫金冠，貫上黃金甲，蹬上步雲鞋，手執如意金箍棒，領眾出門，擺開陣勢。」

作為第一個開打的，

巨靈神喵明顯想**來個下馬威**，

猴子！你認得我不？

《西遊記．第四回》：「巨靈神厲聲高叫道：『那潑猴！你認得我麼？』」

呃……可惜**沒成功**……

不記得，你誰啊？

《西遊記．第四回》：「大聖聽言，急問道：『你是那（哪）路毛神？老孫不曾會你，你快報名來。』」

於是他惡狠狠地使出**第二招**——

勸說！

你個臭猴子，我你都不認得，我可是李天王手下第一號戰士，我很帥的，雖然有點胖，但那是壯，我是巨靈神喵哦！
你真不知道嗎？哎呀我也是好心嘛，今天玉帝老闆說要抓你嘛，我也沒辦法啊！
老闆說啥，我打工的能不聽嗎？你說是吧。我是奉玉帝老大的旨意來找你麻煩的，你別反抗啦，乖點就好……
這樣大家都能早點下班是不是？這邊建議你放下武器，跟我走一趟，也不會有啥事。
這樣呢，你們全家也不會有啥麻煩，我們也好交代。
不然其實大家都挺累的，我們就得動手了，打起來沒完沒了的你說是不是……

《西遊記．第四回》：「巨靈神道：『我把你那欺心的猢猻！你是認不得我！我乃高上神霄托塔李天王部下先鋒，巨靈天將！今奉玉帝聖旨，到此收降你。你快卸了裝束，歸順天恩，免得這滿山諸畜遭誅；若道半個「不」字，教你頃刻化為齏粉！』」

這……還挺有**「威力」**的……

搞得悟空喵破口**大罵**！

煩死了！看到沒？我要當齊天大聖！如果不給，我就滅了你們！
齊天大聖

《西遊記．第四回》：「猴王聽說心中大怒，道：『潑毛神，休誇大口，少弄長舌……你看我這旌旗上字號，若依此字號升官，我就不動刀兵，自然的天地清泰。如若不依，時間就打上靈霄寶殿，教他龍床定坐不成！』」

巨靈神喵看是**談不攏了**，

《西遊記．第四回》：「這巨靈神聞此言，急睜睛迎風觀看，果見門外豎一高竿，竿上有旌旗一面，上寫著『齊天大聖』四大字。巨靈神冷笑三聲道：『這潑猴，這等不知人事，輒敢無狀，你就要做齊天大聖！好好的吃吾一斧！』」

哼！

這才正式**開打**！

啊!!

《西遊記．第四回》：「（巨靈神）劈頭就砍將去。那猴王正是會家不忙，將金箍棒應手相迎。」

巨靈神喵是**天界悍將**，

《西遊記．第四回》：「這一場好殺：棒名如意，斧號宣花。他兩個乍相逢，不知深淺；斧和棒，左右交加。一個暗藏神妙，一個大口稱誇……棒舉卻如龍戲水，斧來猶似鳳穿花。」

他**力大**無窮！

可惜，面對**悟空喵**……

《西遊記．第四回》：「巨靈名望傳天下，原來本事不如他：大聖輕輕掄鐵棒，著頭一下滿身麻。」

還是**「菜」**了點……

啊……

《西遊記‧第四回》：「巨靈神抵敵他不住，被猴王劈頭一棒，慌忙將斧架隔，扢扠的一聲，把個斧柄打做（作）兩截，急撤身敗陣逃生。猴王笑道：『膿包！膿包！我已饒了你，你快去報信！快去報信！』」

只能灰溜溜地**回去報告**。

《西遊記‧第四回》：「巨靈神回至營門，徑見托塔天王，忙哈哈跪下道：『弼馬溫果是神通廣大！末將戰他不得，敗陣回來請罪。』」

老大，那個猴子好強！我打不過……

這第一仗就**敗**了，
差點沒把李靖喵**氣死**。

《西遊記‧第四回》：「李天王發怒道：『這廝剉吾銳氣，推出斬之！』」

笨蛋！
傻大個！
嗚……

幸好這時**有哪吒喵在**，

《西遊記．第四回》：「旁邊閃出哪吒太子，拜告：『父王息怒，且恕巨靈之罪，待孩兒出師一遭，便知深淺。』天王聽諫，且教回營待罪管事。」

爸，別打了。我去找他算帳吧！

哪吒喵**咻**的一聲就**來到**悟空喵**面前**。

《西遊記．第四回》：「這哪吒太子甲冑齊整，跳出營盤，撞至水簾洞外。那悟空正來收兵，見哪吒來的勇猛。」

他手拿**斬妖劍**，

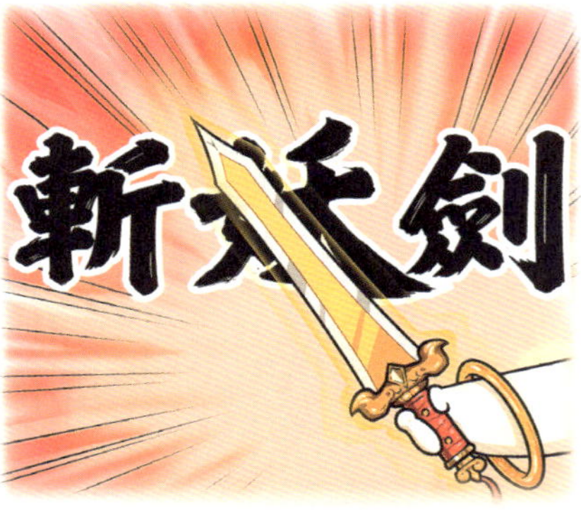
斬妖劍

腳踩**風火輪**，

樣子嘛……

十分**可愛**！

《西遊記．第四回》：「好太子：總角才遮囟，披毛未苫肩。神奇多敏悟，骨秀更清妍。誠為天上麒麟子，果是煙霞彩鳳仙。」

悟空喵估計**也這麼覺得**……

喂，誰家小朋友跑丟啦？
你才小朋友！

《西遊記．第四回》：「悟空迎近前來問曰：『你是誰家小哥？闖近吾門，有何事幹？』」

兩方一碰面就**吵了起來**，

《西遊記．第四回》：「哪吒喝道：『潑妖猴！豈不認得我？我乃托塔父王三太子哪吒是也。今奉玉帝欽差，至此捉你！』悟空笑道：『小太子……你只看我旗上是甚麼字號，拜上玉帝，是這般官銜，再也不須動眾，我自皈依。若是不遂我心，定要打上靈霄寶殿。』」

老實點！饒你不死！
老實個鬼！聽好了！讓老子當齊天大聖，老子就服你！

完全**沒法**溝通……

所以哪吒喵開始**進入戰鬥狀態**，

《西遊記．第四回》：「哪吒抬頭看處，乃『齊天大聖』四字……那哪吒奮怒，大喝一聲叫：『變！』」

一下子變成了**三頭六臂**，
而且還拿著**六件武器**！

《西遊記．第四回》：「……即變做（作）三頭六臂，惡狠狠，手持著六般兵器，乃是斬妖劍、砍妖刀、縛妖索、降妖杵、繡球兒、火輪兒，丫丫叉叉，撲面來打。」

悟空喵看到哪吒喵變，他也**跟著變**，

《西遊記．第四回》：「悟空見了，心驚道：『這小哥倒也會弄些手段！莫無禮，看我神通！』好大聖，喝聲：『變！』也變做（作）三頭六臂，把金箍棒幌（晃）一幌（晃）也變作三條，六隻手拿著三條棒架住。」

兩邊就這麼**開打**了！

《西遊記．第四回》：「這場鬥，真個是地動山搖，好殺也：六臂哪吒太子，天生美石猴王，相逢真對手，正遇本源流。那一個蒙差來下界，這一個欺心鬧斗牛。」

哪吒喵**打**，

《西遊記．第四回》：「……斬妖寶劍鋒芒快，砍妖刀狠鬼神愁；縛妖索子如飛蟒，降妖大杵似狼頭；火輪掣電烘烘豔，往往來來滾繡球。」

悟空喵**擋**！

《西遊記．第四回》：「大聖三條如意棒，前遮後擋運機謀。」

悟空喵**打**，

《西遊記・第四回》：「猴王不懼呵呵笑，鐵棒翻騰自運籌。以一化千千化萬，滿空亂舞賽飛虬。」

哪吒喵**擋**！

《西遊記・第四回》：「神兵怒氣雲慘慘，金箍鐵棒響颼颼。」

戰況非常**激烈**，

《西遊記・第四回》：「那壁廂，天丁吶喊人人怕。」

簡直不知道**誰更厲害**一點。

《西遊記．第四回》：「……這壁廂，猴怪搖旗個個憂。」

突然，悟空喵**施展**了一個**分身術**，

《西遊記．第四回》：「原來那悟空手疾眼快，正在那混亂之時，他拔下一根毫毛，叫聲：『變！』就變做（作）他的本相。」

他一邊**頂住**哪吒喵的**攻擊**，

《西遊記．第四回》：「……手挺著棒，演著哪吒。」

一邊就**繞到**哪吒喵**背後**，

《西遊記．第四回》：「……他的真身卻一縱，趕至哪吒腦後……」

趁機給了他**一棒**子！

《西遊記．第四回》：「……著左膊上一棒打來。哪吒正使法間，聽得棒頭風響，急躲閃時，不能措手，被他著了一下，負痛逃走；收了法，把六件兵器依舊歸身，敗陣而回。」

就這樣，悟空喵**打贏**了這場戰鬥。

而李靖喵和哪吒喵只能**暫時撤退**，

老闆，他說……他就是要當齊天大聖。

《西遊記·第四回》：「那陣上李天王早已看見，急欲提兵助戰。不覺太子倏至面前，戰兢兢報道：『父王！弼馬溫真個有本事！孩兒這般法力，也戰他不過，已被他打傷膊也。』……天王道：『既然如此，且不要與他相持，且去上界，將此言回奏，再多遣天兵圍捉這廝，未為遲也。』」

這簡直把玉帝喵**氣個半死**！

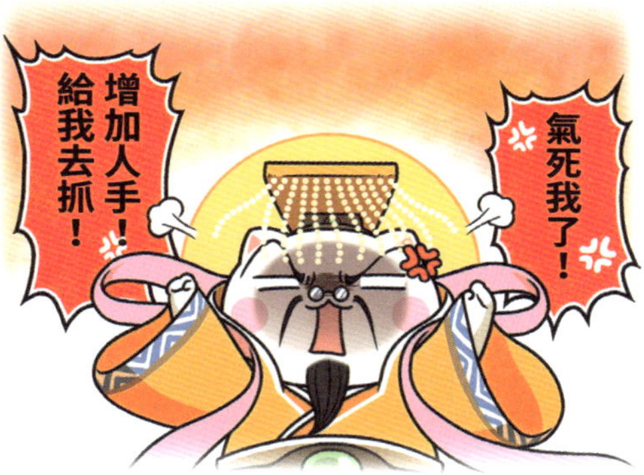
氣死我了！
增加人手！給我去抓！

《西遊記·第四回》：「卻說那李天王與三太子領著眾將，直至靈霄寶殿，啟奏道：『臣等奉聖旨出師下界，收伏妖仙孫悟空，不期他神通廣大，不能取勝，仍望萬歲添兵剿除。』……玉帝聞言，驚訝道：『這妖猴何敢這般狂妄！著眾將即刻誅之。』」

幸好這時，我們的老朋友

太白金星喵又**出現**了。

老闆別慌，我自有辦法！

《西遊記·第四回》：「正說間，班部中又閃出太白金星。」

他竟然**建議答應**悟空喵，

> 《西遊記．第四回》：「……奏道：『那妖猴只知出言，不知大小。欲加兵與他爭鬥，想一時不能收伏，反又勞師。不若萬歲大捨恩慈，還降招安旨意，就教他做個齊天大聖。只是加他個空銜，有官無祿便了。』」

老闆你看，答應他也沒啥，還省事……

不過……**不發工資**。

別發工資就行啦……
行，還不錯……

> 《西遊記．第四回》：「玉帝道：『怎麼喚做（作）「有官無祿」？』金星道：『名是齊天大聖，只不與他事管，不與他俸祿……庶乾坤安靖，海宇得清寧也。』玉帝聞言道：『依卿所奏。』即命降了詔書，仍著金星領去。」

就這樣，

天界**答應了給**悟空喵齊天大聖的**稱號**，

> 《西遊記．第四回》：「玉帝道：『那孫悟空過來。今宣你做個「齊天大聖」，官品極矣，但切不可胡為。』」

齊天大聖

還在天界給他**建**了座**大房子**，

《西遊記．第四回》：「這猴亦止（只）朝上唱個喏，道聲謝恩。玉帝即命工幹官——張、魯二班——在蟠桃園右首，起一座齊天大聖府。」

還有**各種賞賜**。

《西遊記．第四回》：「……府內設個二司：一名安靜司，一名寧神司。司俱有仙吏，左右扶持。又差五斗星君送悟空去到任，外賜御酒二瓶，金花十朵……」

意思就是：**風頭**讓你**出了**，
面子也**給你了**，乖乖**別鬧事了**哈！

《西遊記．第四回》：「……著他安心定志，再勿胡為。」

有了這些**排面**，
悟空喵這才被**哄了**回來，

《西遊記‧第四回》：「那猴王信受奉行，即日與五斗星君到府，打開酒瓶，同眾盡飲。」

每天就**開開心心**地過著「大聖」的生活。

《西遊記‧第四回》：「送星官回轉本宮，他才遂心滿意，喜地歡天，在於天宮快樂，無掛無礙。」

那麼，悟空喵的天界生活
會一直快樂下去嗎？

（且聽下回分解。）

原文節選

《西遊記》第四回

這場鬥，真個是地動山搖，好殺也：六臂哪吒太子，天生美石猴王，相逢真對手，正遇本源流。那一個蒙差來下界，這一個欺心鬧斗牛。斬妖寶劍鋒芒快，砍妖刀狠鬼神愁；縛妖索子如飛蟒，降妖大杵似狼頭；火輪掣電烘烘豔，往往來來滾繡球。大聖三條如意棒，前遮後擋運機謀。苦爭數合無高下，太子心中不肯休。把那六件兵器都教變，百千萬億照頭丟。猴王不懼呵呵笑，鐵棒翻騰自運籌。以一化千千化萬，滿空亂舞賽飛虬。唬得各洞妖王都閉戶，遍山鬼怪盡藏頭。神兵怒氣雲慘慘，金箍鐵棒響颼颼。那壁廂，天丁吶喊人人怕；這壁廂，猴怪搖旗個個憂。發狠兩家齊鬥勇，不知那（哪）個剛強那（哪）個柔。三太子與悟空各騁神威，鬥了個三十回合。那太子六般兵，變做（作）千千萬萬；孫悟空金箍棒，變作萬萬千千。半空中似雨點流星，不分勝負。原來那悟空手疾眼快，正在那混亂之時，他拔下一根毫毛，叫聲：「變！」就變做（作）他的本相，手挺著棒，演著哪吒；他的真身，卻一縱，趕至哪吒腦後，著左膊上一棒打來。哪吒正使法間，聽得棒頭風響，急躲閃時，不能措手，被他著了一下，負痛逃走；收了法，把六件兵器依舊歸身，敗陣而回。

悟空——瓜子（飾）

哪吒——饅頭（飾）

玄機錄

注：漫畫正文結合了兩種形象。

封神哪吒的裝備
三頭八臂
陰陽雙劍
混天綾
金磚
火尖槍
乾坤圈
九龍神火罩
風火輪
VS
西遊哪吒的裝備
三頭六臂
降妖杵
砍妖刀
火輪兒
繡球兒
斬妖劍
縛妖索

護法
護法
大將
以佛為父
二哥木叉
大哥君吒
三弟哪吒

《西遊記》中的哪吒，師父並非太乙真人，其割肉剔骨後靈魂為佛祖所救。佛祖以碧藕荷葉重塑其肉身，為防止其向父親尋仇，賜予了李天王一座玲瓏寶塔，雙方才勉強和解。

百群喵檔案

年糕的角色介紹

1 年糕，知識淵博、成績優異，
是個行走的「小百科」。

優異

2 喜歡打聽各種小八卦，

3 他的本子裡擁有
深不可測的各種資訊。

神秘

4 包括各種小把柄……

三月十四日，你在路邊小便。
你五歲的時候還尿床。
十八歲時表白被當面拒絕。
十月五日，你踩到了狗屎。
我錯了！以後絕對不欺負弱小了！

5 因為啥都懂，
所以在互聯網上有一百多萬支持者。

我是年糕
粉絲 100萬
關注 1990
人氣喵咪
熱門喵咪博主 數據飆升
百萬大V

6 跟瓜子貌似很不對付。

瞅啥？
你不瞅我，怎麼知道我瞅你！

7 經常受麻花所托，
為他補習功課。

這些全部都要背下來！
是！

8 最愛的食物是香蕉。

啊……寶貝！

年糕

處女座

生日：9月8日

身高：181公分

給自己打氣的一句話：

「就是因為我能解決問題，

問題才會跑來找我。」

（年糕擬人介紹）

年糕的蛋糕

Niangao's Cake

第九回 ◉ 大鬧天宮

跟天界**打完**一仗後，

悟空喵如願以償地當上了**齊天大聖**，

《西遊記．第四回》：「玉帝道：『那孫悟空過來。今宣你做個「齊天大聖」，官品極矣，但切不可胡為。』這猴亦止（只）朝上唱個喏，道聲謝恩。」

每天**吃吃**飯，

《西遊記．第五回》：「話表齊天大聖到底是個妖猴，更不知官銜品從，也不較俸祿高低，但只注名便了。那齊天府下二司仙吏，早晚伏侍，只知日食三餐。」

睡睡覺，

《西遊記．第五回》：「……夜眠一榻，無事牽縈，自由自在。」

沒事就東走走，西**逛逛**……

《西遊記．第五回》：「……閒時節會友遊宮，交朋結義……今日東遊，明朝西蕩，雲去雲來，行蹤不定。」

反正就還挺**快樂**！

然而，這麼個遊手好閒的傢伙
自然也**被看不順眼**，

於是乎，就有喵到玉帝喵那兒**打小報告**。

陛下，這傢伙每天啥也不幹，是不是該給他安排點活？

《西遊記．第五回》：「一日，玉帝早朝，班部中閃出許旌陽真人，頫囟啟奏道：『今有齊天大聖，無事閒遊，結交天上眾星宿，不論高低，俱稱朋友，恐後閑中生事。不若與他一件事管，庶免別生事端。』」

玉帝喵一聽，覺得還挺**有道理**，

嗯！確實，不能白養著他！

《西遊記．第五回》：「玉帝聞言，即時宣詔。」

就這樣，悟空喵被任命為**蟠桃園總管**。

蟠桃

《西遊記．第五回》：「那猴王欣然而至，道：『陛下，詔老孫有何升賞？』玉帝道：『朕見你身閑無事，與你件執事。你且權管那蟠桃園，早晚好生在意。』大聖歡喜謝恩，朝上唱喏而退。」

蟠桃園是天界女仙**首領王母喵**的仙桃園，

《西遊記．第五回》：「樹下奇葩並異卉，四時不謝色齊齊。左右樓臺並館舍，盈空常見罩雲霓。不是玄都凡俗種，瑤池王母自栽培。」

裡面的**仙桃**珍貴無比。

《西遊記．第五回》：「……他等不得窮忙，即入蟠桃園內查勘……但見那：夭夭灼灼，棵棵株株。夭夭灼灼桃盈樹，棵棵株株果壓枝……時開時結千年熟，無夏無冬萬載遲。」

三千年成熟的小桃，

吃一個就能**身體強壯**；

《西遊記．第五回》：「大聖看玩多時，問土地道：『此樹有多少株數？』土地道：『有三千六百株：前面一千二百株，花微果小，三千年一熟，人吃了成仙了道，體健身輕。』」

六千年成熟的中桃，
吃一個就能**得道成仙**；

《西遊記·第五回》：「『……中間一千二百株，層花甘實，六千年一熟，人吃了霞舉飛升，長生不老。』」

而**九千年**成熟的大桃，
吃完更是能**長生不老**。

《西遊記·第五回》：「『……後面一千二百株，紫紋緗核，九千年一熟，人吃了與天地齊壽，日月同庚。』」

也許悟空喵本身就是猴子的緣故，
讓他**管桃園**，**他**還挺**樂意**，

《西遊記·第五回》：「大聖聞言，歡喜無任。當日查明了株樹，點看了亭閣回府。」

幹起活來非常**認真**，
隔三差五就過去看一看，

《西遊記．第五回》：「……自此後，三五日一次賞玩。」

甚至都**不怎麼**出去**玩耍**了。

《西遊記．第五回》：「……也不交友，也不他遊。」

但猴子終歸是**猴子**……

每天對著這些可可愛愛的**仙桃**，

我很甜哦！

《西遊記．第五回》：「一日，見那老樹枝頭，桃熟大半。」

他**饞**啊……

《西遊記．第五回》：「……他心裡要吃個嘗新。奈何本園土地、力士並齊天府仙吏緊隨不便。」

於是有一天，他就借機**支開**了**其他園丁**們，

哎，你們出去等著，我獨自清點一下。
是……

《西遊記．第五回》：「（悟空）忽設一計道：『汝等且出門外伺候，讓我在這亭上少憩片時。』那眾神果退。」

然後……

大吃了一頓！

> 《西遊記．第五回》：「只見那猴王脫了冠服，爬上大樹，揀那熟透的大桃，摘了許多，就在樹枝上自在受用。吃了一飽，卻才跳下樹來，簪冠著服，喚眾等儀從回府。」

你說讓一個**猴子**去守桃園，
玉帝喵是**怎麼想的**呢？

某天，悟空喵吃完仙桃後就**縮小**自己，
在桃**樹上睡覺**，

《西遊記．第五回》：「一朝……大聖耍了一會，吃了幾個桃子，變做（作）二寸長的個人兒，在那大樹梢頭濃葉之下睡著了。」

突然間桃樹**晃動**了起來……

《西遊記．第五回》：「原來那大聖變化了，正睡在此枝，被他驚醒。」

難道有誰來**偷桃子**？

《西遊記．第五回》：「大聖即現本相，耳朵裡掣出金箍棒，幌（晃）一幌（晃），碗來粗細，咄的一聲道：『你是那（哪）方怪物，敢大膽偷摘我桃！』」

他定睛一看，
原來是專門來摘仙桃的**仙女喵們**。

《西遊記．第五回》：「慌得那七仙女一齊跪下道：『大聖息怒。我等不是妖怪，乃王母娘娘差來的七衣仙女，摘取仙桃……我等恐遲了王母懿旨，是以等不得大聖，故先在此摘桃，萬望恕罪。』」

仙女喵們告訴悟空喵，
其實天界要開**「蟠桃勝會」**了。

《西遊記．第五回》：「一朝，王母娘娘設宴，大開寶閣，瑤池中做『蟠桃勝會』。」

蟠桃勝會是**王母喵**的**生日派對**，

每年王母喵都會

請各方神仙喵們過來**吃仙桃**。

《西遊記．第五回》：「大聖……道：『仙娥請起。王母開閣設宴，請的是誰？』仙女道：『上會自有舊規。請的是西天佛老……東方崇恩聖帝、十洲三島仙翁，北方北極玄靈，中央黃極黃角大仙……還有五斗星君，上八洞三清、四帝、太乙天仙等眾；中八洞玉皇、九壘、海岳神仙；下八洞幽冥教主、注世地仙。各宮各殿大小尊神，俱一齊赴蟠桃嘉會。』」

這麼**有趣**的事情，自然讓悟空喵很**興奮**！

他趕緊問仙女喵們**會不會請他**去，

《西遊記．第五回》：「大聖笑道：『可請我麼？』」

但似乎……**沒有**。

沒有……
哎呀！

《西遊記・第五回》：「……仙女道：『不曾聽得說。』」

這真是讓悟空喵**很不爽啊**……

生氣氣
可惡！

《西遊記・第五回》：「大聖道：『我乃齊天大聖，就請我老孫做個席尊，有何不可？』」

於是，悟空喵決定**跑去**開蟠桃勝會的地方**看看**。

哼！我倒要看看有啥了不起！

《西遊記・第五回》：「仙女道：『此是上會舊規，今會不知如何。』大聖道：『此言也是，難怪汝等。你且立下，待老孫先去打聽個消息，看可請老孫不請。』」

去到**現場**，

悟空喵發現宴會還**沒開始**，

《西遊記．第五回》：「那裡鋪設得齊齊整整，卻還未有仙來……有幾個造酒的仙官，盤糟的力士，領幾個運水的道人，燒火的童子，在那裡洗缸刷甕。」

他悄咪咪地**溜了進去**……

《西遊記．第五回》：「大聖駕著雲……不多時，直至寶閣，按住雲頭，輕輕移步，走入裡面。」

天哪！現場簡直**氣派**極了！

《西遊記．第五回》：「……只見那裡：瓊香繚繞，瑞靄繽紛。瑤臺鋪彩結，寶閣散氤氳。鳳翥鸞翔形縹緲，金花玉萼影浮沉。上排著九鳳丹霞扆，八寶紫霓墩。五彩描金桌，千花碧玉盆。」

各種好**吃的**和好**喝的**都有。

《西遊記．第五回》：「……桌上有龍肝和鳳髓，熊掌與猩唇。珍羞百味般般美，異果嘉（佳）肴色色新。」

這讓悟空喵動起了**壞心思**……

《西遊記．第五回》：「大聖止不住口角流涎，就要去吃，奈何那些人都在這裡。」

他隨手**使了**個**法術**，

《西遊記．第五回》：「他就弄個神通，把毫毛拔下幾根，丟入口中嚼碎，噴將出去，念聲咒語，叫：『變！』」

便把工作人員們通通**弄睡了**過去，

《西遊記・第五回》：「即變做(作)幾個瞌睡蟲，奔在眾人臉上。你看那夥人手軟頭低，閉眉合眼，丟了執事，都去盹睡。」

然後**大吃大喝**了起來。

《西遊記・第五回》：「大聖卻拿了些百味八珍，佳餚異品，走入長廊裡面，就著缸，挨著甕，放開量，痛飲一番。」

他喝得**醉醺醺**的，

《西遊記・第五回》：「……吃夠了多時，酕醄醉了。自揣自摸道：『不好！不好！再過會，請的客來，卻不怪我？一時拿住，怎生是好？不如早回府中睡去也。』」

迷迷糊糊間就來到了一個叫**兜率天宮**的地方。

《西遊記．第五回》：「好大聖，搖搖擺擺，仗著酒，任情亂撞，一會把路差了，不是齊天府，卻是兜率天宮。」

兜率天宮可是**太上老君喵**的**家**，

《西遊記．第五回》：「……一見了，頓然醒悟道：『兜率宮是三十三天之上，乃離恨天太上老君之處，如何錯到此間？——也罷！也罷！一向要來望此老，不曾得來，今趁此殘步，就望他一望也好。』」

這會兒太上老君喵**正在**跟朋友們**聊天**。

《西遊記．第五回》：「原來那老君與燃燈古佛，在三層高閣朱陵丹臺上講道，眾仙童、仙將、仙官、仙吏，都侍立左右聽講。」

不知情況的悟空喵就這麼**闖**了進去，

《西遊記・第五回》：「（大聖）即整衣撞進去。那裡不見老君，四無人跡。」

走啊走，還來到了老君喵的**煉丹房**。

《西遊記・第五回》：「這大聖直至丹房裡面，尋訪不遇，但見丹灶之旁，爐中有火。爐左右安放著五個葫蘆，葫蘆裡都是煉就的金丹。」

煉丹房裡有老君喵煉的**金丹**，
它們**珍貴**無比，

《西遊記・第五回》：「大聖喜道：『此物乃仙家之至寶。老孫自了道以來，識破了內外相同之理，也要煉些金丹濟人，不期到家無暇；今日有緣，卻又撞著此物，趁老子不在，等我吃他幾丸嘗新。』」

隨便吃**一顆**都能**法力大增**！

而悟空喵呢，
卻拿它們來當**零食**吃……

《西遊記．第五回》：「……他就把那葫蘆都傾出來，就都吃了，如吃炒豆相似。」

不知道吃了多少顆……
吃著吃著……他突然**酒醒**了！

《西遊記．第五回》：「（大聖）一時間丹滿酒醒。」

清醒後的悟空喵趕緊**搜索**一下大腦**記憶**，

一頓回想後，
他知道……**完蛋了**！

《西遊記．第五回》：「……又自己揣度道：『不好！不好！這場禍，比天還大，若驚動玉帝，性命難存。』」

怎麼辦呢？

只能趕緊**溜了**……

於是悟空喵再次**回**了**花果山**。

《西遊記．第五回》：「『……走！走！走！不如下界為王去也！』他就跑出兜率宮，不行舊路，從西天門使個隱身法逃去。」

而**天界**這邊呢？

第九回　大鬧天宮

仙桃被吃了，

《西遊記．第五回》：「卻說那七衣仙女……回奏王母說：『齊天大聖使術法困住我等，故此來遲。』王母問道：『汝等摘了多少蟠桃？』仙女道：『只有兩籃小桃，三籃中桃。至後面，大桃半個也無……直到如今，才得醒解回來。』王母聞言，即去見玉帝，備陳前事。」

仙酒被吃了，

《西遊記．第五回》：「說不了，又見那造酒的一班人，同仙官等來奏：『不知甚麼人，攪亂了「蟠桃大會」，偷吃了玉液瓊漿，其八珍百味，亦俱偷吃了。』」

仙丹也被吃了……

《西遊記．第五回》：「又有四個大天師來奏上：『太上道祖來了。』……老君朝禮畢，道：『老道宮中，煉了些「九轉金丹」，伺候陛下做「丹元大會」，不期被賊偷去，特啟陛下知之。』」

這下**玉帝喵**可真的**氣炸**了！

《西遊記．第五回》：「靈官……即出殿遍訪，盡得其詳細。回奏道：『攪亂天宮者，乃齊天大聖也。』又將前事盡訴一番。玉帝大惱！」

就這樣，天界**大軍**又一次**出動**。

《西遊記．第五回》「……即差四大天王，協同李天王並哪吒太子，點二十八宿、九曜星官、十二元辰、五方揭諦、四值功曹、東西星斗、南北二神、五岳四瀆、普天星相，共十萬天兵，布一十八架天羅地網下界，去花果山圍困，定捉獲那廝處治。」

那麼，**逃回**花果山的悟空喵將會**怎樣呢**？

（且聽下回分解。）

原文節選

《西遊記》第五回

那裡鋪設得齊齊整整，卻還未有仙來。這大聖點看不盡，忽聞得一陣酒香撲鼻。忽轉頭，見右壁廂長廊之下，有幾個造酒的仙官，盤糟的力士，領幾個運水的道人，燒火的童子，在那裡洗缸刷甕，已造成了玉液瓊漿，香醪佳釀。大聖止不住口角流涎，就要去吃，奈何那些人都在這裡。他就弄個神通，把毫毛拔下幾根，丟入口中嚼碎，噴將出去，念聲咒語，叫：「變！」即變做(作)幾個瞌睡蟲，奔在眾人臉上。你看那夥人手軟頭低，閉眉合眼，丟了執事，都去盹睡。大聖卻拿了些百味八珍，佳餚異品，走入長廊裡面，就著缸，挨著甕，放開量，痛飲一番。吃夠了多時，酕醄醉了。自揣自摸道：「不好！不好！再過會，請的客來，卻不怪我？一時拿住，怎生是好？不如早回府中睡去也。」好大聖，搖搖擺擺，仗著酒，任情亂撞，一會把路差了，不是齊天府，卻是兜率天宮。一見了，頓然醒悟道：「兜率宮是三十三天之上，乃離恨天太上老君之處，如何錯到此間？——也罷！也罷！一向要來望此老，不曾得來，今趁此殘步，就望他一望也好。」即整衣撞進去。那裡不見老君，四無人跡。原來那老君與燃燈古佛，在三層高閣朱陵丹臺上講道，眾仙童、仙將、仙官、仙吏，都侍立左右聽講。這大聖直至丹房裡面，尋訪不遇，但見丹灶之旁，爐中有火。爐左右安放著五個葫蘆，葫蘆裡都是煉就的金丹。

孫悟空的法術
筋斗雲
法天象地
三頭六臂
大品天仙訣
身外身法
地煞七十二變

百群喵檔案

水餃的角色介紹

1 水餃，性格開朗，很為朋友著想。

仗
義

2 最喜歡踢足球，
也喜歡拼模型。

3 看到不公會勇敢站出來，
是個正義的小太陽。

住手！不准以大欺小！

4 經常約油條出去運動，

5 同樣沒少受傷。

唉呀！

6 最喜歡的食物是炸雞，

7 跟油條、拉麵號稱
「速食愛好者聯盟」。

8 夢想是不斷成長，
成為守護大家笑容的存在。

今天也是世界和平的一天呢！

水餃

白羊座

生日：4月1日

身高：177公分

給自己打氣的一句話：

「心裡住著小太陽，

生活自然晴朗明亮。」

（水餃擬人介紹）

水餃的蛋糕

Shuijiao's Cake

第十回 ◉ 二聖鬥法

悟空喵在天界一頓搗亂後就**逃回**了**花果山**，

《西遊記．第五回》：「（悟空）自己揣度道：『不好！不好！這場禍，比天還大，若驚動玉帝，性命難存。走！走！走！不如下界為王去也！』他就跑出兜率宮，不行舊路，從西天門使個隱身法逃去。」

而為了找悟空喵**算帳**，
天界再次派出了十萬天兵天將。

《西遊記．第五回》：「玉帝大惱，即差四大天王，協同李天王並哪吒太子，點二十八宿、九曜星官、十二元辰、五方揭諦、四值功曹、東西星斗、南北二神、五岳四瀆、普天星相，共十萬天兵，布一十八架天羅地網下界，去花果山圍困，定捉獲那廝處治。」

這次……應該是**動真格**的了，

《西遊記．第五回》：「當時李天王傳了令，著眾天兵紮了營，把那花果山圍得水泄不通。上下布了十八架天羅地網，先差九曜惡星出戰。」

上來就把花果山的妖怪們
打得**雞飛狗跳**！

《西遊記．第五回》：「大聖怒……即命：『獨角鬼王領帥七十二洞妖王出陣，老孫領四健將隨後。』那鬼王疾帥妖兵，出門迎敵，卻被九曜惡星一齊掩殺，抵住在鐵板橋頭，莫能得出。」

《西遊記．第五回》：「正嚷間，大聖到了。叫一聲：『開路！』掣開鐵棒，幌（晃）一幌（晃），碗來粗細，丈二長短，丟開架手，打將出來。九曜星那（哪）個敢抵，一時打退。」

幸好悟空喵也**不是好惹**的，

獨自一個就把對方**擋了下來**！

《西遊記．第五回》：「這大聖一條棒，抵住了四大天神與李托塔、哪吒太子，俱在半空中。殺夠多時，大聖見天色將晚，即拔毫毛一把，丟在口中，嚼碎了，噴將出去，叫聲：『變！』就變了千百個大聖，都使的是金箍棒，打退了哪吒太子，戰敗了五個天王。」

兩家一時間誰也**搞不定誰**……

《西遊記．第五回》：「大聖得勝……道：『勝負乃兵家之常……他雖被我使個分身法殺退，他還要安營在我山腳下。我等且緊緊防守。』」

這時候一位**菩薩喵**來到了天界，

她就是**觀音喵**！

《西遊記．第六回》：「話表南海普陀落伽山大慈大悲救苦救難靈感觀世音菩薩，自王母娘娘請赴蟠桃大會，與大徒弟惠岸行者同登寶閣瑤池。」

觀音喵其實也是來**參加**
王母喵的**蟠桃派對**的，

來咯！

但來到一看……**啥都沒有**……

《西遊記．第六回》：「……見那裡荒荒涼涼，席面殘亂，雖有幾位天仙，俱不就座，都在那裡亂紛紛講論。」

喵
呢
……

一打聽，原來都出去**「抓猴子」**了。

哦！觀音大士您來啦，抱歉，我們正在看直播。

《西遊記．第六回》：「菩薩與眾仙相見畢，眾仙備言前事。」

知道原因後，
觀音喵決定**派出**自己的**小保鏢**過去幫忙，

我也來出份力吧。

這就是**惠岸喵**。

惠
岸

《西遊記．第六回》：「菩薩聞言，即命惠岸行者道：『你可快下天宮，到花果山打探軍情如何。如遇相敵，可就相助一功，務必的實（確實）回話。』」

惠岸喵其實是托塔天王的**兒子**，

哈哈哈，不好意思，又是我。
爸比
兒子

《西遊記．第六回》：「惠岸行者整整衣裙，執一條鐵棍，駕雲離闕，徑至山前……叫：『把營門的天丁，煩你傳報：我乃李天王二太子木叉，南海觀音大徒弟惠岸，特來打探軍情。』」

他同時也是哪吒喵的**哥哥**，

《西遊記．八十三回》：「天王道：『我止（只）有三個兒子，一個女兒。大小兒名君吒，侍奉如來，做前部護法。二小兒名木叉，在南海隨觀世音做徒弟。三小兒名哪吒，在我身邊，早晚隨朝護駕。』」

可以說**法力高**強！

《西遊記．第六回》：「四大天王與李天王並太子正議出兵……天王道：『孩兒，你隨觀音修行這幾年，想必也有些神通，切須在意。』」

那麼他**能對付**得了悟空喵**嗎**？

《西遊記．第六回》：「好太子，雙手掄著鐵棍，束一束繡衣……道：『我蒙師父差來打探軍情，見你這般猖獗，特來擒你！』大聖道：『你敢說那等大話！且休走！吃老孫這一棒！』木叉全然不懼，使鐵棒劈手相迎。」

喀喀，不能……

《西遊記．第六回》：「這大聖與惠岸戰經五六十合，惠岸臂膊酸麻，不能迎敵，虛幌（晃）一幌（晃），敗陣而走。」
菩薩……我失敗了……

怎麼辦呢？

《西遊記．第六回》：「李天王見了心驚，即命寫表求助，便差大力鬼王與木叉太子上天啟奏……卻說玉帝拆開表章，見有求助之言，笑道：『叵耐這個猴精……卻將那（哪）路神兵助之？』」

這時，觀音喵又**推薦**了一個喵，

《西遊記．第六回》：「言未畢，觀音合掌啟奏道：『陛下寬心，貧僧舉一神，可擒這猴。』」
我還有一個推薦！
真的？

他就是**二郎神喵**！

《西遊記．第六回》：「玉帝道：『所舉者何神？』菩薩道：『乃陛下令甥顯聖二郎真君，見(現)居灌洲灌江口，享受下方香火。』」

二郎神喵是**玉帝**喵的**外甥**，

力大無窮、法力無邊，

《西遊記．第六回》：「……他昔日曾力誅六怪，又有梅山兄弟與帳前一千二百草頭神，神通廣大。奈他只是聽調不聽宣。陛下可降一道調兵旨意，著他助力，便可擒也。」

額頭有一隻**天眼**，

袁珂《中國神話大詞典》：「直至清末說唱鼓詞……始明言楊戩是『臨江灌口二郎神』……其寫楊戩『牽著狗來駕著鷹』『頭戴一頂三山帽，身披鎖子甲黃金，面白微鬚三隻眼，手使三尖二刃鋒』等。」

還養著一隻**寵物狗**。

接到命令後，
二郎神喵**帶**著**弟兄們**就過去了。

《西遊記．第六回》：「玉帝聞言，即傳調兵的旨意，就差大力鬼王齎調……這真君即喚梅山六兄弟……聚集殿前道：『適才玉帝調遣我等往花果山收降妖猴，同去去來。』眾弟兄俱忻然願往。」

而這邊，悟空喵也**毫不相讓**，

三眼仔！你誰啊？

《西遊記．第六回》：「大聖見了，笑嘻嘻的將金箍棒掣起，高叫道：『你是何方小將，輒敢大膽到此挑戰？』」

兩邊開始**打了起來**！

乖乖跟我走！
想得美！

《西遊記．第六回》：「真君……心中大怒道：『潑猴！休得無禮！吃吾一刃！』大聖側身躲過，疾舉金箍棒，劈手相還。」

神將們**打氣**，

弄他！
弄他！

《西遊記．第六回》：「他兩個這場好殺：昭惠二郎神，齊天孫大聖……左擋右攻，前迎後映。這陣上梅山六弟助威風。」

猴子們**吶喊**，

《西遊記．第六回》：「……那陣上馬流四將傳軍令。搖旗擂鼓各齊心，吶喊篩鑼都助興。」

打了三百多回合，
愣是**沒**分出**勝負**來……

《西遊記．第六回》：「真君與大聖鬥經三百餘合，不知勝負。」

這時二郎神喵**施展**了個**法術**，

《西遊記．第六回》：「那真君抖擻神威，搖身一變……」

一下變得**超巨大**！

《西遊記．第六回》：「……變得身高萬丈，兩隻手舉著三尖兩刃神鋒，好便似華山頂上之峰，青臉獠牙，朱紅頭髮，惡狠狠望大聖著頭就砍。」

悟空喵一看，同樣也搞了個**法術**，

《西遊記．第六回》：「這大聖也使神通……」

變得跟二郎神喵一樣**巨大**。

《西遊記．第六回》：「……變得與二郎身軀一樣，嘴臉一般，舉一條如意金箍棒，卻就如崑崙頂上的擎天之柱，抵住二郎神。」

這兩個大傢伙打起來簡直**地動山搖**，

猴子們一不留神就**被**天兵們給**衝散**了。

《西遊記．第六回》：「唬得那馬、流元帥，戰兢兢，搖不得旌旗；崩、芭二將，虛怯怯，使不得刀劍。這陣上，康、張、姚、李、郭甲……縱著鷹犬，搭弩張弓，一齊掩殺。可憐衝散妖猴四健將，捉拿靈怪二三千！」

這一下，
讓悟空喵**無法專心**應戰，

《西遊記．第六回》：「卻說真君與大聖變做（作）法天象地的規模，正鬥時，大聖忽見本營中妖猴驚散，自覺心慌，收了法象，掣棒抽身就走。」

於是他轉身**變成**一隻**麻雀**打算開溜，

《西遊記．第六回》：「真君見他敗走，大步趕上……大聖慌了手腳，就把金箍棒揑做（作）個繡花針，藏在耳內，搖身一變，變作個麻雀兒，飛在樹梢頭釘住。」

二郎神喵一看，
趕緊變成**老鷹**追了過來。

《西遊記．第六回》：「二郎圓睜鳳目觀看，見大聖變了麻雀兒，釘在樹上，就收了法象，撇了神鋒，卸下彈弓，搖身一變，變作個鷂鷹兒，抖開翅，飛將去撲打。」

悟空喵變成**大鳥**，

《西遊記．第六回》：「大聖見了，嗖的一翅飛起去，變作一隻大鶿老，沖天而去。」

二郎神喵就變成**更大的鳥**；

《西遊記．第六回》：「二郎見了，急抖翎毛，搖身一變，變作一隻大海鶴，鑽上雲霄來嗛。」

悟空喵變成**魚**，

《西遊記．第六回》：「大聖又將身按下，入澗中，變作一個魚兒，淬入水內。」

二郎神喵就變成**魚鷹**去抓魚；

《西遊記．第六回》：「二郎趕至澗邊……果一變變作個魚鷹兒……趕上來，刷的啄一嘴。」

悟空喵變成**蛇**，

《西遊記．第六回》：「那大聖就攛（躥）出水中，一變，變作一條水蛇，游近岸，鑽入草中。」

二郎神喵就變成**鶴**去啄；

《西遊記．第六回》：「……二郎因嗛他不著……又變了著一隻朱繡頂的灰鶴，伸著一個長嘴，與一把尖頭鐵鉗子相似，徑來吃這水蛇。」

悟空喵變成一隻**花鴇**（ㄅㄠˇ）**鳥**，

《西遊記．第六回》：「水蛇跳一跳，又變做（作）一隻花鴇，木木樗樗的，立在蓼汀之上。」

二郎神喵乾脆拿個**彈弓**出來射他；

《西遊記．第六回》：「二郎……即現原身，走將去，取過彈弓拽滿，一彈子把他打個躘踵。」

連變成一座**土地廟**，

《西遊記．第六回》：「那大聖趁著機會，滾下山崖，伏在那裡又變，變一座土地廟兒：大張著口，似個廟門；牙齒變做（作）門扇，舌頭變做（作）菩薩，眼睛變做（作）窗櫺。只有尾巴不好收拾，豎在後面，變做（作）一根旗竿。」

都被二郎神喵用
第三隻眼給**「掃描」**出來。

《西遊記．第六回》：「真君趕到崖下，不見打倒的鴇鳥，只有一間小廟，急睜鳳眼仔細看之，見旗竿立在後面，笑道：『是這猢猻了！』」

天界這邊，**不僅**二郎神喵**有天眼**，

天
眼

《西遊記．第六回》：「大聖……撲的一個虎跳，又冒在空中不見……那李天王……又把照妖鏡四方一照，呵呵的笑道：『真君，快去！快去！那猴使了個隱身法，走出營圍，往你那灌江口去也。』」

大軍中還有**照妖鏡**，

天眼
照妖鏡

反正變啥都會**被發現**……

你變成我的樣子也沒用！

沒辦法……只能**接著打**了！

死猴子還嘴硬！
哼！以為怕你啊！

《西遊記．第六回》：「這真君即舉三尖兩刃神鋒，劈臉就砍。那猴王使個身法讓過神鋒，掣出那繡花針兒幌（晃）一幌（晃），碗來粗細，趕到前，對面相還。」

但這……究竟打到**啥時候**啊……

好累～～
還沒打完嗎……

《西遊記．第六回》：「兩個嚷嚷鬧鬧，打出廟門，半霧半雲，且行且戰，復打到花果山。慌得那四大天王等眾，提防愈緊。這康、張太尉等迎著真君，合心努力，把那美猴王圍繞不題。」

這時**太上老君喵**出馬了！

老君
讓我來試試。

《西遊記．第六回》：「（玉帝）即擺駕，同道祖、觀音、王母與眾仙卿至南天門。早有些天丁、力士接著，開門遙觀……菩薩道：『我將那淨瓶楊柳拋下去，打那猴頭……教二郎小聖好去拿他。』老君道：『你這瓶是個磁（瓷）器……且莫動手，等我老君助他一功。』」

他**取出**了一個大**寶貝**，

《西遊記．第六回》：「菩薩道：『你有甚麼兵器？』老君：……捋起衣袖，左膊上取下一個圈子，說道：『這件兵器，乃錕鋼摶煉的，被我將還丹點成，養就一身靈氣，善能變化，水火不侵，又能套諸物。一名「金鋼琢」。』」

這可是一件很厲害的**法寶**。

《西遊記．第六回》：「『……又名「金鋼套」。當年過函關，化胡為佛，甚是虧他。早晚最可防身。等我丟下去打他一下。』」

老君喵隨手一扔，
金鋼琢就直**衝**了**過去**，

《西遊記．第六回》：「話畢，（老君）自天門上往下一摜，滴流流（溜溜），（金鋼琢）徑落花果山營盤裡。」

哐噹一下**砸中**悟空喵！

《西遊記．第六回》：「……可可的著猴王頭上一下。猴王只顧苦戰七聖，卻不知天上墜下這兵器，打中了天靈，立不穩腳，跌了一跤，爬將起來就跑。」

趁悟空喵摔了一跤，
天兵喵們一起**撲了上去**，

《西遊記．第六回》：「（悟空）急翻身爬不起來，被七聖一擁按住。」

這一下，悟空喵**沒辦法**了……

《西遊記．第六回》：「……（七聖）即將繩索捆綁（悟空），使勾刀穿了琵琶骨，再不能變化。」

經過一輪大戰，花果山一方宣佈落敗。

《西遊記．第六回》：「這真君與眾即駕雲頭，唱凱歌，得勝朝天。」

悟空喵也**被綁**著扛**回**了**天界**，

《西遊記．第六回》：「……不多時，到通明殿外。天師啟奏道：『四大天王等眾已捉了妖猴齊天大聖了。來此聽宣。』」

那麼，

玉帝喵打算**怎麼處置**悟空喵呢？

（且聽下回分解。）

原文節選

《西遊記》第六回

只見眾天丁布羅網，圍住四面；李天王與哪吒，擎照妖鏡，立在空中；真君把大聖圍繞中間，紛紛賭鬥哩。菩薩開口對老君說：「貧僧所舉二郎神如何？——果有神通，已把那大聖圍困，只是未得擒拿。我如今助他一功，決拿住他也。」老君道：「菩薩將甚兵器？怎麼助他？」菩薩道：「我將那淨瓶楊柳拋下去，打那猴頭；即不能打死，也打個一跌，教二郎小聖好去拿他。」老君道：「你這瓶是個磁（瓷）器，倘打著他便好，如打不著他的頭，或撞著他的鐵棒，卻不打碎了？你且莫動手，等我老君助他一功。」菩薩道：「你有甚麼兵器？」老君道：「有，有，有。」捋起衣袖，左膊上取下一個圈子，說道：「這件兵器，乃錕鋼摶煉的，被我將還丹點成，養就一身靈氣，善能變化，水火不侵，又能套諸物。一名『金鋼琢』，又名『金鋼套』。當年過函關，化胡為佛，甚是虧他。早晚最可防身。等我丟下去打他一下。」話畢，自天門上往下一摜，滴流流（溜溜），徑落花果山營盤裡，可可的著猴王頭上一下。猴王只顧苦戰七聖，卻不知天上墜下這兵器，打中了天靈，立不穩腳，跌了一跤，爬將起來就跑；被二郎爺爺的細犬趕上，照腿肚子上一口，又扯了一跌。他睡倒在地，罵道：「這個亡人！你不去妨家長，卻來咬老孫！」急翻身爬不起來，被七聖一擁按住，即將繩索捆綁，使勾刀穿了琵琶骨，再不能變化。

悟空——瓜子（飾）

觀音——湯圓（飾）

惠岸——水餃（飾）

二郎神——油條（飾）

太上老君——年糕（飾）

玄機錄

二郎神的武器

三尖兩刃槍
金弓銀彈
弓片式彈弓
弓體
弓弦
彈兜
彈丸
哮天犬

……
天宮

二郎神的住址

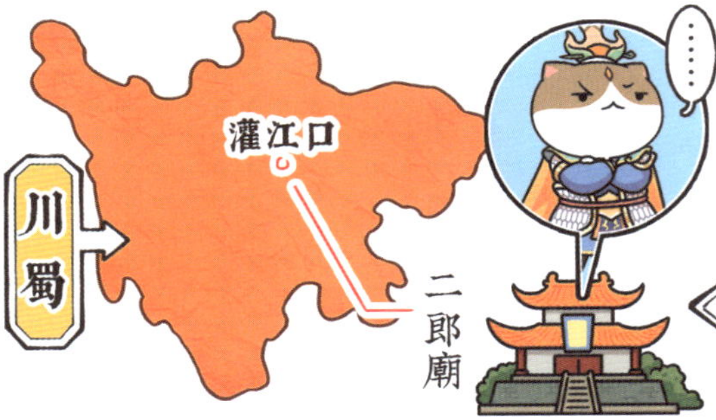

川蜀
灌江口
二郎廟
……

天仙雖大都居於天上，但二郎神因母親被壓桃山之事，與舅舅玉帝不和，故居於凡間灌州（今四川省都江堰市）灌江口，享受凡間香火供奉，對天庭的命令，只聽從軍事調遣，而不接受天庭召見。

下轄

梅山六兄弟和草頭神其實都是二郎神的私家武裝，草頭神即未受天庭官方註冊認證的神仙，俸祿由二郎神直接發放，所以不受玉帝調遣。

草頭神
X1200

梅山六兄弟
太尉李煥章
太尉張伯時
太尉姚公麟
將軍郭甲
將軍直健
太尉康安裕

百群喵檔案

湯圓的角色介紹

1 湯圓，溫柔的大美女，

2 自認不是很勤奮，
但成績卻非常優秀。

3 懂得多種語言，

4 是個美妝博主，

5 有偶像包袱，
非常注重自己的體重和外表。

6 喜歡各種亮閃閃的東西，

7 為了提高廚藝，
經常纏著烏龍教她。

8 可惜做出來的食物非常難吃……

湯圓

水瓶座

生日：2 月 14 日

身高：168 公分

給自己打氣的一句話：

「沒有一朵花，

一開始就是一朵花。」

（湯圓擬人介紹）

湯圓的蛋糕

Tangyuan's Cake

第十一回 ◉ 丹爐脫險

話說悟空喵因為**被**老君喵的金鋼琢**偷襲**，

《西遊記．第六回》：「（老君）自天門上往下一摜，滴流流（溜溜），徑落花果山營盤裡，可可的著猴王頭上一下。猴王只顧苦戰七聖，卻不知天上墜下這兵器，打中了天靈。」

被**抓回**了**天界**……

《西遊記．第六回》：「這真君與眾即駕雲頭，唱凱歌，得勝朝天。不多時，到通明殿外。天師啟奏道：『四大天王等眾已捉了妖猴齊天大聖了。來此聽宣。』」

這下玉帝喵可就**不客氣**了！

《西遊記．第六回》：「玉帝傳旨，即命大力鬼王與天丁等眾，押至斬妖臺，將這廝碎剁其屍。」

接到命令的天兵喵們準備了一堆**酷刑**。

他們用大**刀砍**，

《西遊記．第七回》：「話表齊天大聖被眾天兵押去斬妖臺下，綁在降妖柱上，刀砍斧剁……」

用長**槍刺**，

《西遊記．第七回》：「……槍刺劍刳……」

用火烤，

《西遊記．第七回》：「……南斗星奮令火部眾神，放火煨燒……」

甚至用雷劈，

《西遊記．第七回》：「……（玉帝）又著雷部眾神以雷屑釘打。」

可悟空喵卻一點事都沒有……

《西遊記．第七回》：「……越發不能傷損一毫。」

這搞得**天兵喵**們很**傷心**啊……

陛下……我們盡力了……
你們振作點啊……

《西遊記．第七回》：「那大力鬼王與眾啟奏道：『萬歲，這大聖不知是何處學得這護身之法，臣等用刀砍斧剁，雷打火燒，一毫不能傷損，卻如之何？』」

那麼**為啥**悟空喵這麼**強**呢?

《西遊記．第七回》：「玉帝聞言道：『這廝這等，這等……如何處治？』」

原來是因為他之前**偷吃**了各種**珍品**，

功力大大地增強了。

您看，仙桃、仙酒、各種仙丹……

《西遊記．第七回》：「太上老君即奏道：『那猴吃了蟠桃，飲了御酒，又盜了仙丹，──我那五壺丹，有生有熟，被他都吃在肚裡，運用三昧火，煅成一塊，所以渾做(作)金鋼之軀，急不能傷。』」

這下連**玉帝**喵都開始**低落**了……

連一隻猴子都搞不定，我還做啥玉帝……
陛下，振作點啊……

看大家都沒辦法，
老君喵便**出**了個**主意**。

《西遊記．第七回》：「『……不若與老道領去。』」

陛下，我有個辦法。

老君喵提議把悟空喵放到**爐子裡燒**。

《西遊記．第七回》：「『……放在八卦爐中，以文武火煅煉。煉出我的丹來，他身自為灰燼矣。』」

只要一直燒，燒成灰就好了……
老頭，原來你這麼壞的嗎？

這真是個好主意，
玉帝喵馬上就**答應**了。

《西遊記．第七回》：「玉帝聞言，即教六丁六甲將他解下，付與老君。老君領旨去訖。」

就這樣，悟空喵被老君喵**帶了回去**，

《西遊記．第七回》：「那老君到兜率宮，將大聖解去繩索，放了穿琵琶骨之器。」

然後**丟**進了**爐裡**。

《西遊記．第七回》：「推入八卦爐中，命看爐的道人，架火的童子，將火扇起煅煉。」

這個爐名為**「八卦爐」**，

分**乾**、**坎**、**艮**、**震**、**巽**、**離**、**坤**、**兌**八卦，

《西遊記．第七回》：「原來那爐是乾、坎、艮、震、巽、離、坤、兌八卦。」

是老君喵**煉金丹**用的器具。

爐裡面有**六丁神火**，

《西遊記·第十七回》：「送在老君爐裡煉，六丁神火慢煎熬。」

號稱**萬物**都能**燒化**。

這下悟空喵還**不得完蛋**？

幸好！
悟空喵竟然**知道**這個八卦爐裡的**奧秘**。

《西遊記．第七回》：「他即將身鑽在『巽宮』位下。」

他**找到**一個不被火燒到的**位置**。

《西遊記．第七回》：「巽乃風也，有風則無火。」

不過，火雖然**燒不到**他，
但煙卻不斷**熏**著他的**眼睛**……

《西遊記．第七回》：「只是風攪得煙來，把一雙眼熁紅了。」

慢慢地、慢慢地，
在這個威力巨大的**爐內**，
悟空喵不僅拚盡**全力阻止**了自己被**燒化**，

竟然還煉成了**火眼金睛**！

《西遊記．第七回》：「弄做(作)個老害病眼，故喚作『火眼金睛』。」

很快時間就過了**七七四十九天**，

《西遊記．第七回》：「真個光陰迅速，不覺七七四十九日。」

老君喵決定**開爐**看看。

《西遊記．第七回》：「老君的火候俱全。忽一日，開爐取丹。」

這爐蓋子剛打開，
裡面就蹦出**一道光**來，

原來就是**悟空喵**！

《西遊記．第七回》：「那大聖雙手侮（捂）著眼，正自揉搓流涕，只聽爐頭聲響。猛睜睛看見光明，他就忍不住，將身一縱，跳出丹爐，唿喇（呼啦）一聲，蹬倒八卦爐，往外就走。」

仙喵們衝上去**打算**把他**抓住**，

《西遊記．第七回》：「慌得那架火、看爐與丁甲一班人來扯。」

可……悟空喵**哪**有**這麼容易**被抓住！

《西遊記．第七回》：「……被他一個個都放倒，好似癲痫的白額虎，風（瘋）狂的獨角龍。」

就連**老君**喵打算過去**抓他**，

《西遊記．第七回》：「老君趕上抓一把。」

都被他**甩了**出去！

《西遊記．第七回》：「……被他一捽，捽了個倒栽蔥，脫身走了。」

反正悟空喵這回完全是**暴走**狀態……

《西遊記．第七回》：「（悟空）即去耳中掣出如意棒，迎風幌（晃）一幌（晃），碗來粗細，依然拿在手中，不分好歹，卻又大亂天宮。」

一路上把天兵天將喵們打了個**落花流水**……

《西遊記．第七回》：「打得那九曜星閉門閉戶，四天王無影無形。」

這樣的動靜，
搞得**玉帝**喵也**慌了**起來，

《西遊記·第七回》：「當時眾聖把大聖攢在一處，卻不能近身，亂嚷亂鬥，早驚動玉帝。」

陛下！打過來了！

趕緊打電話**找幫手**。

《西遊記·第七回》：「……遂傳旨著遊奕靈官同翊聖真君上西方請佛老降伏。」

喂！麻煩讓佛祖接一下！

這個外援就是**如來佛祖喵**！

《西遊記·第七回》：「那二聖得了旨，徑到靈山勝境，雷音寶剎之前，對四金剛、八菩薩禮畢，即煩轉達。眾神隨至寶蓮臺下啟知，如來召請。」

如
來

如來喵掌管西方**極樂佛界**，

是佛喵們的**大佬**。
他**法力無邊**、無所不知！

接到玉帝喵的求助，
如來喵**決定**馬上過去**幫忙**。

《西遊記·第七回》：「如來聞詔，即對眾菩薩道：『汝等在此穩坐法堂，休得亂了禪位，待我煉魔救駕去來。』」

而天界這邊，

天將喵們正在死命**頂著**悟空喵。

援兵還沒到嗎？
快頂不住了！

《西遊記．第七回》：「早有佑聖真君，又差將佐發文到雷府，調三十六員雷將齊來，把大聖圍在垓心，各騁兇惡鏖戰。那大聖全無一毫懼色，使一條如意棒，左遮右擋，後架前迎。」

悟空喵這是真的要**大鬧一場**！

《西遊記．第七回》：「一時，見那眾雷將的刀槍劍戟、鞭簡（鐧）撾錘、鉞斧金瓜、旄鐮月鏟，來的（得）甚緊，他即搖身一變，變做（作）三頭六臂；把如意棒幌（晃）一幌（晃），變作三條；六隻手使開三條棒，好便似紡車兒一般，滴流流（溜溜），在那垓心裡飛舞，眾雷神莫能相近。」

幸好**如來**喵及時**趕到**……

？
哈囉！

《西遊記．第七回》：「如來即喚阿儺、迦葉二尊者相隨，離了雷音，徑至靈霄門外……佛祖傳法旨：『教雷將停息干戈，放開營所，叫那大聖出來，等我問他有何法力。』」

見到如來喵，
悟空喵照樣**狂妄**得不行。

《西遊記．第七回》：「眾將果退。大聖也收了法象，現出原身近前，怒氣昂昂，厲聲高叫道：『你是那（哪）方善士，敢來止住刀兵問我？』」

你是誰？
來找死的嗎！

如來喵倒是一點**不生氣**，

哦吼，小猴子，哪裡鄉下呀？
今年幾歲啦？幹壞事是不好的喲。

《西遊記．第七回》：「如來笑道：『我是西方極樂世界釋迦牟尼尊者，南無阿彌陀佛。今聞你猖狂村野，屢反天宮，不知是何方生長，何年得道，為何這等暴橫？』」

這性格悟空喵估計最**不擅長**應付……

你個大金臉是誰啊？

於是他乾脆來個**下馬威**。

你聽好了！老子天下無敵！
天界老大就該我來當！

《西遊記．第七回》：「大聖道：『我本：天地生成靈混仙，花果山中一老猿。水簾洞裡為家業，拜友尋師悟太玄……強者為尊該讓我，英雄只此敢爭先。』」

見悟空喵如此**自信**，
如來喵提議來比試一下。

你真這麼厲害？要不咱們來比一場？

《西遊記．第七回》：「佛祖道：『你除了長生變化之法，再有何能，敢占天宮勝境？』大聖道：『我的手段多哩！我有七十二般變化，萬劫不老長生；會駕筋斗雲，一縱十萬八千里。如何坐不得天位？』佛祖道：『我與你打個賭賽……』」

一邊是大鬧天宮的**齊天大聖**，

《西遊記．第七回》：「佛祖……呵呵冷笑道：『你那廝乃是個猴子成精，焉敢欺心，要奪玉皇上帝龍位……但恐遭了毒手，性命頃刻而休，可惜了你的本來面目！』大聖道：『他雖年劫修長，也不應久占在此……只教他搬出去，將天宮讓與我，便罷了；若還不讓，定要攪攘，永不清平！』」

一邊是深不可測的**如來佛祖**，

面對如來喵的挑戰，
悟空喵會**如何應對**呢？

（且聽下回分解。）

原文節選

《西遊記》第七回

話表齊天大聖被眾天兵押去斬妖臺下，綁在降妖柱上，刀砍斧剁，槍刺劍刳，莫想傷及其身。南斗星奮令火部眾神，放火煨燒，亦不能燒著。又著雷部眾神以雷屑釘打，越發不能傷損一毫。那大力鬼王與眾啟奏道：「萬歲，這大聖不知是何處學得這護身之法，臣等用刀砍斧剁，雷打火燒，一毫不能傷損，卻如之何？」玉帝聞言道：「這廝這等，這等……如何處治？」太上老君即奏道：「那猴吃了蟠桃，飲了御酒，又盜了仙丹，——我那五壺丹，有生有熟，被他都吃在肚裡，運用三昧火，煅成一塊，所以渾做(作)金鋼之軀，急不能傷。不若與老道領去，放在八卦爐中，以文武火煅煉。煉出我的丹來，他身自為灰燼矣。」玉帝聞言，即教六丁六甲將他解下，付與老君。老君領旨去訖。一壁廂宣二郎顯聖，賞賜金花百朵，御酒百瓶，還丹百粒，異寶、明珠、錦繡等件，教與義兄弟分享。真君謝恩，回灌江口不題。那老君到兜率宮，將大聖解去繩索，放了穿琵琶骨之器，推入八卦爐中，命看爐的道人，架火的童子，將火扇起煅煉。原來那爐是乾、坎、艮、震、巽、離、坤、兌八卦。他即將身鑽在「巽宮」位下。巽乃風也，有風則無火。只是風攪得煙來，把一雙眼熰紅了，弄做(作)個老害病眼，故喚作「火眼金睛」。

玄機錄

大鬧天宮
王靈官&三十六雷將
HP
靈霄寶殿
勝
HP+100
勝
四大天王
HP
九曜星君
HP
MP+50
孫悟空LV：???
勝
START
太上老君
HP
兜率宮

百群喵檔案

烏龍的角色介紹

1 烏龍，沉默寡言，表情嚴肅，

嚴肅

2 但其實是有表情的，

嚴肅
這是微笑

3 總因為太嚴肅
被認為是可怕的傢伙，

那邊是不是發生什麼事了？
感覺是流氓在勒索！

4 其實會默默照顧朋友們，
非常溫柔體貼。

感冒了要忌口，我給你煮了粥。

5 喜歡打掃、做飯，
是個超級烹飪高手。

6 雖然嚴肅的外表讓大家
不敢靠近，卻非常受小動物歡迎。

黑炭「公主」。
童話設定、哈哈哈……

7 最大愛好就是逛超市，
草莓和起司是他的最愛。

8 跟同樣表情兇狠的煎餅是竹馬。

灰頭土臉

烏龍

巨蟹座

生日：7月11日

身高：180公分

給自己打氣的一句話：

「地球是圓的，我送出去的溫暖，

繞一圈會回到我身上。」

（烏龍擬人介紹）

（烏龍飾演黑熊精，將於下一季登場。）

烏龍的蛋糕

Wulong's Cake

第十二回◉被壓五行

悟空喵從八卦爐跑出來後，

把天界**攪**了**個底朝天**，

《西遊記．第七回》：「忽一日，開爐取丹。那大聖……將身一縱，跳出丹爐，唿喇（呼啦）一聲，蹬倒八卦爐，往外就走……即去耳中掣出如意棒，迎風幌（晃）一幌（晃），碗來粗細，依然拿在手中，不分好歹，卻又大亂天宮。」

於是天界請了個**外援**，這就是**如來喵**。

《西遊記．第七回》：「當時眾聖把大聖攢在一處，卻不能近身，亂嚷亂鬥，早驚動玉帝。遂傳旨著遊奕靈官同翊聖真君上西方請佛老降伏。那二聖得了旨，徑到靈山勝境，雷音寶剎之前，對四金剛、八菩薩禮畢，即煩轉達。眾神隨至寶蓮臺下啟知，如來召請。」

如
哈囉！
來

如來喵提議跟悟空喵來一場**比試**，

這樣吧，如果你贏了，就讓你當天界老大，如何？
?!

《西遊記．第七回》：「佛祖道：『你除了長生變化之法，再有何能，敢占天宮勝境？』大聖道：『我的手段多哩！我有七十二般變化，萬劫不老長生；會駕筋斗雲，一縱十萬八千里。如何坐不得天位？』佛祖道：『我與你打個賭賽……』」

而比賽內容就是
比比悟空喵能不能**不被**如來喵**抓住**。

《西遊記．第七回》：『……你若有本事，一筋斗打出我這右手掌中，算你贏，再不用動刀兵苦爭戰，就請玉帝到西方居住，把天宮讓你；若不能打出手掌，你還下界為妖，再修幾劫，卻來爭吵。』」

VS
這樣……

說著，如來喵便**伸出**了**手掌**……

《西遊記．第七回》：「佛祖……伸開右手，卻似個荷葉大小。」

你不是很厲害嘛……
能逃出我的手掌就算你贏，怎樣？

這有多難呀？！
悟空喵非常**自信**，

哼！你說的哈！

《西遊記．第七回》：「那大聖聞言，暗笑道：『這如來十分好呆！我老孫一筋斗去十萬八千里。他那手掌，方圓不滿一尺，如何跳不出去？』」

一下就**跳到**如來喵的**手掌**心裡。

《西遊記．第七回》：「那大聖收了如意棒，抖擻神威，將身一縱，站在佛祖手心裡。」

這小小手掌心也**沒啥**嘛……

悟空喵完全**不**把這場比試**放**在**眼裡**，

《西遊記．第七回》：「……卻道聲：『我出去也！』」

話音未落就咻的一聲，**一飛而去**，

《西遊記．第七回》：「你看他一路雲光，無形無影去了。佛祖慧眼觀看，見那猴王風車子一般相似，不住只管前進。」

眨眼間，就感覺已經飛出了**十萬八千里**！

飛著飛著，他看到了**五根大柱子**。

《西遊記．第七回》：「大聖行時，忽見有五根肉紅柱子，撐著一股青氣。」

這一飛這麼遠，悟空喵打算**留**個**證據**，

《西遊記．第七回》：「……他道：『此間乃盡頭路了。這番回去，如來作證，靈霄宮定是我坐也。』又思量說：『且住！等我留下些記號，方好與如來說話。』」

於是乎，他在柱子上**寫**了一行**大字**：

《西遊記．第七回》：「拔下一根毫毛，吹口仙氣，叫：『變！』變作一管濃墨雙毫筆，在那中間柱子上寫一行大字。」

「齊天大聖，到此一遊！」

《西遊記．第七回》：「……云：『齊天大聖，到此一遊。』寫畢，收了毫毛。」

而且還在那兒**撒了**泡**尿**，

《西遊記．第七回》：「……又不莊尊，卻在第一根柱子根下，撒了一泡猴尿。」

真不愧是個**淘氣鬼**呀……

留完證據，悟空喵便**回到原地**，

《西遊記．第七回》：「……翻轉筋斗雲，徑回本處。」

然後找如來喵**兌現承諾**。

《西遊記．第七回》：「……站在如來掌內道：『我已去，今來了。你教玉帝讓天宮與我。』」

然而，如來喵卻表示
悟空喵並**沒有離開**過自己的手掌。

《西遊記．第七回》：「如來罵道：『我把你這個尿精猴子！你正好不曾離了我掌哩！』」

嘿嘿，可是你根本沒離開過。

這個說法悟空喵可**不答應**！

我就知道你會耍賴！
我在很遠的柱子上留了記號，你要跟我去看看不？

《西遊記．第七回》：「大聖道：『你是不知。我去到天盡頭，見五根肉紅柱，撐著一股青氣，我留個記在那裡，你敢和我同去看麼？』」

看悟空喵一臉囂張的樣子，
如來喵**伸出**了**五指**……

《西遊記．第七回》：「如來道：『不消去，你只自低頭看看。』」

原來悟空喵剛剛看到的**柱子**
竟然是如來喵的**手指**！

《西遊記．第七回》：「那大聖睜圓火眼金睛，低頭看時，原來佛祖右手中指寫著『齊天大聖，到此一遊』，大指丫裡，還有些猴尿臊氣。」

也就是說，
悟空喵剛剛根本**沒有飛出**如來喵的手掌心！

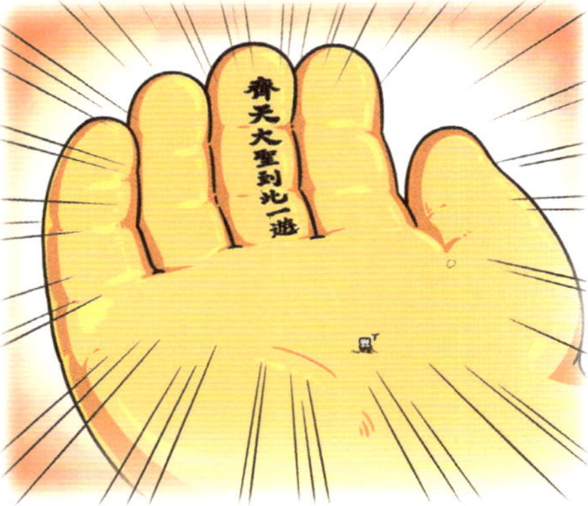

《西遊記．第七回》：「大聖吃了一驚道：『有這等事！有這等事！我將此字寫在撐天柱子上，如何卻在他手指上？莫非有個未卜先知的法術？』」

不服氣的悟空喵決定**再飛一次**，

《西遊記．第七回》：「『……我絕不信！不信！等我再去來！』」

可**剛**準備**起飛**，

《西遊記．第七回》：「好大聖，急縱身又要跳出。」

如來喵的大手掌便**壓**了**下來**。

《西遊記．第七回》：「……被佛祖翻掌一撲。」

這一壓，不僅把悟空喵**拍回凡間**界，

《西遊記．第七回》：「……（佛祖）把這猴王推出西天門外。」

而且手指還變成了
金、木、水、火、土**五座大山**，

《西遊記．第七回》：「……將五指化作金、木、水、火、土五座聯山。」

將悟空喵死死地**壓在地上**。

《西遊記．第七回》：「……喚名『五行山』，輕輕的把他壓住。」

然而，悟空喵可是**力大無窮**的，

大山**被**他**撐**得隆隆作響。

《西遊記．第七回》：「只見個巡視靈官來報道：『那大聖伸出頭來了。』」

為了不讓悟空喵掙脫出來，
如來喵在山上**貼**了一張**真言帖子**。

《西遊記．第七回》：「佛祖道：『不妨，不妨。』袖中只取出一張帖子……遞與阿儺，叫貼在那山頂上。這尊者即領帖子，拿出天門，到那五行山頂上，緊緊的貼在一塊四方石上。」

有了法力的加固，
五行山變得**紋絲不動**，

《西遊記．第七回》：「那座山即生根合縫，可運用呼吸之氣，手兒爬出，可以搖掙搖掙。」

悟空喵這下真**沒轍**了……

最終，悟空喵**慘敗**！

悟
PLAYER 1
Sun Wukong
Rulai
PLAYER 2
佛
VS
戰敗
WIN

《西遊記．第七回》：「如來佛祖殄滅了妖猴，即喚阿儺、迦葉同轉西方極樂世界。」

而天界呢，那可就非常**開心**了，

打贏啦

《西遊記．第七回》：「時有天蓬、天佑急出靈霄寶殿道：『請如來少待，我主大駕來也。』佛祖聞言，回首瞻仰。須臾，果見八景鸞輿，九光寶蓋；聲奏玄歌妙樂，詠哦無量神章；散寶花，噴真香，直至佛前謝曰：『多蒙大法收殄妖邪，望如來少停一日，請諸仙做一會筵奉謝。』」

馬上開派對**慶祝**！

開派對啦!!
大家嗨起來！
補辦補辦！

《西遊記．第七回》：「玉帝傳旨，即著雷部眾神，分頭請三清、四御……請如來高坐七寶靈臺，調設各班座位，安排龍肝鳳髓，玉液蟠桃……言訖，各坐座位，走斝傳觴，簪花鼓瑟。果好會也。」

那麼悟空喵就這麼**結束了嗎**？

沒有！

《西遊記．第七回》：「如來即辭了玉帝眾神，與二尊者出天門之外，又發一個慈悲心。」

為了不讓悟空喵餓死，
如來喵給他派了個**土地神喵**。

《西遊記．第七回》：「……念動真言咒語，將五行山召一尊土地神祇，會同五方揭諦，居住此山監押。」

悟空喵餓了，
土地神喵就給他**吃鐵丸子**；

《西遊記．第七回》：「……但他饑時，與他鐵丸子吃。」

悟空喵渴了，
土地神喵就給他**喝銅汁**。

《西遊記．第七回》：「……渴時，與他溶（熔）化的銅汁飲。」

如來喵預言，
等悟空喵**吃完**了**苦頭**，就會有**喵**來**救他**。

《西遊記．第七回》：「……待他災愆滿日，自有人救他。」

那麼是**啥時候來**呢？

誰也**不知道**……

就這樣，日子一天天過去，
轉眼間已經過了**五百年**。

凡間界已是**唐朝**年間。

《西遊記．附錄》：「話表陝西大國長安城，乃歷代帝王建都之地。自周、秦、漢以來，三州花似錦，八水繞城流，真個是名勝之邦。方今卻是大唐太宗文皇帝登基。」

大唐是個**繁華**的帝國，

《西遊記．附錄》：「……改元貞觀，此時已登極十三年，歲在己巳。天下太平，八方進貢，四海稱臣。」

皇帝**唐太宗喵**勤政愛民。

可突然有一天，
首都裡卻**掉下**了一個**龍頭**，

《西遊記．第十回》：「卻說太宗與魏徵在便殿對弈……只聽得朝門外大呼小叫。原來是秦叔寶、徐茂公等，將著一個血淋的龍頭……叔寶、茂公道：『千步廊南，十字街上，雲端裡落下這顆龍頭。微臣不敢不奏。』」

而且夜裡皇宮內還**陰風陣陣**……

《西遊記．第十回》：「當夜二更時分，只聽得宮門外有號泣之聲……又聽得後宰門乒乒乓乓，磚瓦亂響。」

這究竟發生了**什麼事**呢？

（且聽下回分解。）

原文節選

《西遊記》第七回

（孫悟空）拔下一根毫毛，吹口仙氣，叫：「變！」變作一管濃墨雙毫筆，在那中間柱子上寫一行大字云：「齊天大聖，到此一遊。」寫畢，收了毫毛。又不莊尊，卻在第一根柱子根下，撒了一泡猴尿。翻轉筋斗雲，徑回本處，站在如來掌內道：「我已去，今來了。你教玉帝讓天宮與我。」如來罵道：「我把你這個尿精猴子！你正好不曾離了我掌哩！」大聖道：「你是不知。我去到天盡頭，見五根肉紅柱，撐著一股青氣，我留個記在那裡，你敢和我同去看麼？」如來道：「不消去，你只自低頭看看。」那大聖睜圓火眼金睛，低頭看時，原來佛祖右手中指寫著「齊天大聖，到此一遊」，大指丫裡，還有些猴尿臊氣。大聖吃了一驚道：「有這等事！有這等事！我將此字寫在撐天柱子上，如何卻在他手指上？莫非有個未卜先知的法術？我絕不信！不信！等我再去來！」好大聖，急縱身又要跳出，被佛祖翻掌一撲，把這猴王推出西天門外，將五指化作金、木、水、火、土五座聯山，喚名「五行山」，輕輕的把他壓住。眾雷神與阿儺、迦葉，一個個合掌稱揚道：「善哉！善哉！當年卵化學為人，立志修行果道真。萬劫無移居勝境，一朝有變散精神。欺天罔上思高位，凌聖偷丹亂大倫。惡貫滿盈今有報，不知何日得翻身。」

悟空——瓜子（飾）

唐太宗——麻花（飾）

玄機錄

五行山的「獄警」

五行山的每日伙食為鐵丸、銅汁，據佛經記載，其為來自無間地獄的刑罰，罪犯要烊銅灌口，熱鐵纏身。足見悟空受罰之重。

五方揭諦為佛教的五方守護大力神，在佛祖制服孫悟空後，奉佛祖法旨在五行山看管監視孫悟空。同時也是取經項目裡暗中保護唐僧的團隊之一，多次幫助悟空解圍。

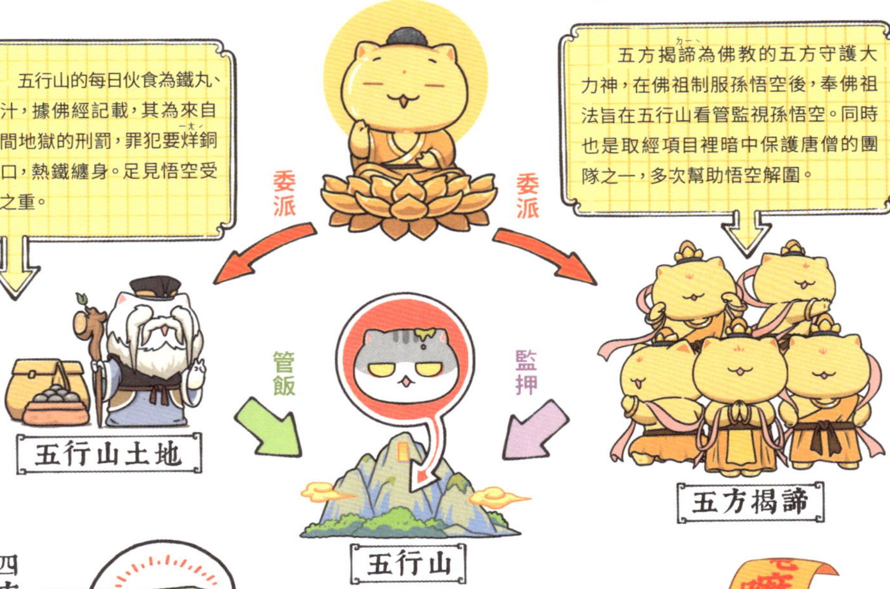
委派
委派
管飯
監押
五行山土地
五方揭諦
五行山

四方石
真言帖
唵嘛呢叭𠺗吽
六字真言
嘛呢叭𠺗
五行山頂
五行山腳

百群喵檔案

油條的角色介紹

1 油條，陽光好動的大男孩。

2 是個極限運動愛好者，

3 所以不是這裡受傷就是那裡受傷。

4 跟水餃是鐵哥們，
經常相約一起打球。

5 愛喝可樂等碳酸飲料，

6 雖然是個好動的孩子，
卻意外地喜歡文學。

7 跟豆花從出生起就是鄰居，

8 夢想是成為一個探險家。

油條

射手座

生日：12 月 5 日

身高：185 公分

給自己打氣的一句話：

「每一次極限挑戰，

都是在跟軟弱說拜拜。」

（油條擬人介紹）

油條的蛋糕

Youtiao's Cake

瓜子擬人

花卷擬人

麻花擬人

年糕擬人

湯圓擬人

饅頭擬人

油條擬人

水餃擬人

煎餅擬人

豆花擬人

烏龍擬人

拉麵擬人